나의 첫 질문

국어공부
어떻게 해야 할까요?

【프롤로그】

중국 송나라시대 정치가이고 당송팔대가인 구양수는 글을 잘 짓는 방법을 3다(多)라고 했습니다.
① 다독(多讀) : 많이 읽다
② 다작(多作) : 많이 쓰다
③ 다상량(多商量) : 많이 생각하다

즉 책을 많이 읽다보면 어휘력이 풍부해져 생각의 폭이 넓어지고, 또한 생각이 깊어지고, 자연히 하고 싶은 말이 많아지게 되면서 보여주고 싶은 글을 잘 짓게 된다는 것입니다.
이 말은 "국어공부 어떻게 해야 할까요?" 질문에 대한 답변과 맞먹는 말입니다.
미래의 약속은 어휘력·문해력·문장력입니다.

[1] 국어공부 어떻게 해야 할까요?

초등학생들에게 국어공부는 만만하기도 하면서 어렵기도 한 과목이다.
초등 국어에서는 읽기, 쓰기, 듣기, 말하기를 중심으로 문학과 문법을 공부한다. 또한 1학년부터 6학년까지 다양한 종류의 글을 어떻게 읽어야 할지를 가르치고 있다. 이를 통해 어휘력과 문해력, 발표력 등 학습의 기본적인 틀을 만들고 평생의 언어용 능력을 키운다. 국어공부가 중요한 이유다. 국어는 모든 과목의 기초가 된다. 그래서 국어공부를 못하는 아이는 어휘력과 문해력, 발표력이 부족한 결과이기 때문에 다른 과목도 잘할 수가 없다.

국어 교육과정은 읽기, 쓰기, 듣기, 말하기를 바탕으로 문학, 문법 영역으로 구분되어 있다. 하지만 실제로 아이들이 이렇게 세분화 된 영역에 대해서 알기는 어렵다. 물론 선생님은 수업시간에 무엇을 배워야 하는지 수업목표에 대해서 일러주지만 영역과 관련지어 궁극적으로 아이들이 도달해야 할 목표가 무엇이고 어디까지인지 알기는 어려운 일이다. 이것은 초등학생, 중학생, 고등학생까지 국어공부를 하는 학생들이면 비슷하지 않을까 싶다. 학창시절 국어공부가 힘들었고, 수능에서도 언어영역 때문에 애를 먹었던 경험이 있을 것이다.

사실, 국어과목은 배울 것이 많고 실제로 교육과정에서도 가장 많은 시간을 할애하고 있다. 그렇다고 아이들에게 국어를 좋아하느냐고 물어보면 그렇다고 대답하는 아이들이 별로 없다. 그도 그럴 것이 수학은 계산을 통해서 정답이 정확하게 도출되고, 통합교과는 움직임 활동이나 조직활동이 주가 되기 때문에 나름대로 배우는 즐거움이나 자기 만족이 있지만, 국어는 이 두 가지 모두가 불분명하고 거기에 학기초부터 일기, 독서감상문 등 숙제까지 내주니 아이들의 입장에서는 무엇을 배우고 있는지 공부를 어떻게 해야 하는지 뚜렷한 방향이 보이지 않고, 지루하고 답답하게만 느껴지는 과목이다.

여기서 짚고 넘어가야 할 부분은 1968년 국어교과서(문교부 발행)부터 2002년국어교과서 (서울대학교 국어교육연구소 발행)까지 초등학교, 중학교, 고등학교 국정도서 국어교과서의 차례를 살펴보면 논설문, 설명문, 기행문, 생활문, 편지글, 일기, 동시, 동화, 희곡, 관찰기록문, 독서감상문, 웅변연설문 등으로 집약되며 여기에 해당 장르의 다양한 지문이 나오고, 그와 관련한 여러가지 활동들이 제시되고 있다. 국어공부의 영역을 포함한 총체적인 맥락, 그리고 어느 정도의 디테일까지 파악할 수 있다.

[2] 국어공부에서 중요한 것은 무엇일까요?

그렇다면 "국어공부에서 중요한 것은 무엇일까요?" 바로 꾸준한 독서를 통한 읽기 능력과 문해력, 어휘력을 갖추어야 하는 것이다.

국어시험은 지문의 내용을 제대로 이해했느냐를 묻는 문제가 대부분이라서 평소 꾸준하게 책을 읽어온 아이들에게는 크게 문제가 되지 않지만, 평소 책을 읽지 않은 아이들에게는 막막하게 다가올 것이다.

게다가 학년이 올라갈수록 지문은 길어지고 깊이는 깊어지기 때문에 국어는 점점 힘든 과목이 되어간다. 그래서 평소 책을 읽을 때는 문학작품 외에도 정보를 전달하는 글, 주장하는 글을 포함한 논설문, 설명문, 기행문, 생활문, 편지글, 일기, 동시, 동화, 희곡, 관찰기록문, 독서감상문, 웅변연설문 등 다양한 글을 접해 보도록 해야 한다. 예를 들어 논설문은 「기미독립선언문」, 「최현배의 겨레의 얼과 말」, 설명문은 「조지훈의 소재와 표현」, 「신일철의 논리적 사고」, 기행문은 「정비석의 산정무한」, 「이은상의 산 찾아 물 따라」, 일기는 「난중일기」, 「안네의 일기」, 희곡은 「유치진의 원술랑」, 「오 헨리의 마지막 한 잎」, 관찰기록문은 「파브르의 곤충기」, 「시턴의 동물기」, 웅변연설문은 「링컨의 게티즈버그 연설」, 「마틴 루터 킹목사의 나에게는 꿈이 있습니다」 등 장르별로 찾아서 읽어 보기를 권한다. 그러면 자연스럽게 개념 정리도 되고, 사실과 의견을 구분하게 되고, 생각이나 느낌을 글로 표현하는 방법도 익히게 된다.

아울러 국어과목에 자신감을 갖기 위해서는 교과서에 실린 지문의 원래 작품을 찾아 읽는 것은 큰 도움이 된다. 교과서에는 글의 일부분만 실리는 경우가 있기 때문에 원래 작품을 찾아 전체를 읽어보면 글을 더욱 풍부하게 제대로 감상할 수 있고, 글의 구성과 앞뒤 상황이 맞춰져 있는 글을 읽을 수 있어 이해의 폭도 넓어진다.

[3] 국어공부를 통해서 다다르고자 하는 궁극의 가치는 문해력과 자기표현입니다.

문해력이 장르별 지문을 해석하여 문제를 푸는 것으로 평가한다면, 자기표현은 논리적인 말하기가 포함된 글쓰기인 논술이다. 아시겠지만 선진국에서는 모든 시험을 우리나라처럼 객관식이 아닌 에세이로 치른다.
솔직히 어떤 과목이든 그 공부의 궁극적인 목표가 무엇인지 생각하는 친구들은 거의 없다. 그저 하기 싫지만 해야만 하는 것이고, 뭐가 됐든 자기자신에게 도움이 된다고 생각하고 있기 때문에 울며 겨자 먹기로 하는 친구들이 대부분 일것이다.
그래서 "국어공부 어떻게 해야 할까요?" 라고 묻는다면 너무도 뻔한 대답일지 모르겠지만 꾸준한 책읽기와 글쓰기연습이라고 말하고 싶다.
우선 책읽기를 통해 전반적인 문해력을 기를 수 있고, 일기쓰기, 독서록쓰기 등 다양한 글쓰기를 통해 표현력을 향상 시킬 수 있을 것이다. 하지만 이 두 가지 모두를 스스로 재미를 느껴 꾸준히 하기에는 어려움이 많을 것이다.
특히 책읽기는 읽기의 재미를 붙일 때까지 적절한 도움과 관심이 필요한 부분이다. 책에 관심을 가질 수 있도록 자주 노출시켜 주고, 저학년들은 스스로 책읽기를 힘들어 한다면 '독서에 흥미를 느낄 때까지' 귀찮더라도 반복해서 자주 읽어주고 새로운 형태의 책을 권해보는 것도 하나의 방법이라고 할 수 있다. 지금은 종이책(Paper book), 전자책(Electronic book), 듣는책(Audio book) 등 여러가지 형태로 책이 출간되기 때문에 아이가 좋아하는 형태의 책을 선택하여 책읽기에 흥미를 가질 수 있도록 하거나, 만일 아이가 종이책을 부담스러워 하면 오디오북과 병행해서 흥미를 갖도록 동기부여를 제공해준다. 예를 들어 종이책을 펼쳐놓고 효과음악이 있는 오디오북을 듣게 함으로써 독서에 호기심을 가질수 있도록 기회를 마련해 주는 것이다. 노력도 재능이다. 누적된 책읽기는 결국 아이에게 용기와 자신감을 불어넣어 줄 것이다. "어떤 책을 읽으면 좋을까요?" 라는 질문에는, 독서의 중심은 책이 아니라 독자인 아이들이다. 어떤 책이 좋은지보다 아이의 관심사는 무엇인지 아이의 성향과 수준을 파악하고, 어휘력은 어떤지 파악하는 것이 우선이다. 그래서 아이가 흥미를 가지고 좋아하는 책을 먼저 읽게하는 것이 좋다. 시험을 위해 어려운 고전을 먼저 접하게 하여 책과 벽을 만들기보다는 지금의 시대를 배경으로 한 현대 작품들을 먼저 읽으면서 책을 통해 위로를 받아보게 하는 것이 좋다. 그러면서 국어교과서를 읽게하는 것도 놓쳐서는 안된다.

국어교과서를 많이 읽어보는 것은 국어공부에 도움이 되는데 여기에도 전략이 있다.
① 학습 목표를 확인한다.
학습 목표는 소단원에서 무엇을 배우는지를 설명하는 안내 글이다. 이것에 유의하며 읽어나가면 문단의 내용을 잘 이해할 수 있고 요약하기도 쉽다.
② 어려운 낱말을 찾아가며 읽는다.
글을 읽어 나가면서 모르는 낱말이 나오면 그냥 지나치지 말고 그 낱말의 뜻을 문맥에 맞게 유추해 가며 읽어야 한다. 현행 국어교과서는 학생들이 이해하기 어려운 단어에 별표를 달아 단락 맨 아래에 그 뜻을 적어놓고 있다.

③ 내용 이해를 요구하는 질문에 답하며 읽는다.
설명 글일 경우 내용의 이해를 돕기 위해 날개 지면을 이용해서 질문을 던지고 있다. 이런 질문이 나올 때마다 그 질문에 답을 찾아가며 읽어야 한다.
④ 글의 내용을 요약해 이야기한다.
글을 다 읽은 후에는 글의 내용을 얼마나 기억하고 있는지 중요한 내용을 간추려 이야기해보도록 한다. 전체 내용을 한 번에 말하는 것이 어렵다면 몇 부분으로 나누어 이야기하는 것도 좋다. 이 과정에서 어떤 내용을 기억하고 있는지 어떤 부분을 놓쳤는지 알 수 있고 요약하며 말할 수 있는 실력도 높아진다.
⑤ 글의 내용을 어느 정도 이해했는지 확인한다.
소단원 읽기가 끝나면 그 단원의 목표를 달성했는지 확인하는 질문이 나온다. 이 부분은 제대로 공부했는지 점검할 수 있는 부분이기도 하다. 만일 모르는 부분이 있다면 다시 앞으로 돌아가 그 내용을 익히도록 한다. 초등학교 국어공부는 하루아침에 성적이 오르는 과목이 아니다. 평소 꾸준한 독서를 통해 어휘력과 문해력을 향상시켜야 한다. 국어공부의 궁극의 가치는 문해력과 자기표현임을 잊어서는 안된다.

[4] 질문의 크기가 삶의 크기를 결정합니다.

"엄마, 자장면이 먹고 싶어요." "그래? 그럼 먹으러 가자." 그렇게 말하는 것은 지난 과거의 교육과정입니다. 현, 교육과정은 이렇게 말해야 합니다.
"우리 대장이 자장면이 먹고 싶구나. 그런데 볶음밥도 있고 짬뽕도 있고 우동도 있는데 왜 자장면이 먹고 싶지?" 이 물음에 아이가 "그냥 먹고 싶어요." 라고 대답했다면 그것 또한 지난 과거 교육과정 스타일입니다. 이제 아이는 "왜?" 라는 엄마의 물음에 구체적으로 또박또박 '자장면이 먹고 싶은 이유'를 말해야 합니다. 그것이 현 교육과정에서 추구하는 가치입니다.
결국 공부의 핵심은 근원을 따져 밝히고 자신의 의견을 논리적으로 진술하는 데 있습니다. 그것이 바로 논술이며, 이 훈련은 어렸을 때부터 꾸준히 길러 주어야 합니다.
우리는 아이들에게 동화책을 읽힙니다. 책을 읽은 아이에게 엄마는 이렇게 묻습니다.
"재미있니?" 아이는 대답합니다. "네." 그걸로 끝입니다.
동화는 우리 아이들에게 꿈과 용기와 올바른 삶의 방식을 가르쳐 줍니다.
그것을 좀더 확실하게 깨우치게 하려면, "재미있니?" 라는 질문만으로는 곤란합니다.
"왜 그랬을까?" "만일에 그 때 주인공이 이렇게 했다면 결과는 어떻게 달라졌을까?"
"잠깐만, 그 방법밖에 없었을까?"
우리 아이들의 호기심을 자극하고 생각을 확장시킬 수 있는 질문을 던져 준 다음에 조리있는 답을 말할 수 있도록 유도해야 합니다. 그리고 그것을 글로 쓰면 '논술'이 되는 것입니다.
 단순히 읽는 것에서 그치는 것이 아니라 내용의 확실한 이해를 바탕으로 생각을 넓혀 갈 수 있도록 해야 합니다. 그래야 우리 아이들의 사고력과 탐구력이 무럭무럭 자랄 것입니다.
그것이 공부의 핵심입니다.

[5] 필사는 정독 중 정독입니다.

조선시대 세종대왕은 '사가독서(賜暇讀書)'라 하여 집현전 젊은 학자들에게 휴가를 주어 독서에 전념하게 하였으며, 같은 책을 100번 읽고 100번 필사하는 '백독백습 독서법'을 통해 스스로를 성장시키며 나라와 백성을 섬길 수 있었습니다.

① 필사는 글을 베껴 쓰는 것을 말합니다.

일일이 책을 보고 한 글자씩 옮겨 적는 것이지요.

왜 일부러 힘들게 글을 베껴 쓰냐고요? 한 글자씩 글을 옮겨 적는 과정은 단순히 빈 종이를 채우는 것 이상의 여러가지 장점이 있기 때문입니다.

② 필사는 글짓는 능력을 키워 줍니다.

필사는 글짓기 능력을 키우는데 가장 효과적인 방법입니다. 글을 잘 짓는 능력은 태어날 때부터 타고나는 것이 아닙니다. 아무리 유능한 작가라고 하더라도 태어날 때부터 글을 잘 짓는 것은 아닙니다. 그들은 우리가 모르는 수많은 시간동안 노력을 했습니다. 그 중 대표적인 것이 다른 사람들이 써놓은 좋은 책을 필사하는 것입니다.

③ 필사는 어휘능력을 키워 줍니다.

우리가 평소 쓰는 단어는 매우 제한적입니다. 적은 양의 단어로 일상생활에서 대화를 하고 살아가는 데에는 아무런 문제가 없습니다. 하지만 글을 쓸 때에는 다릅니다. 다양한 어휘를 활용해야 좋은 글을 완성시킬 수 있습니다. 어휘력 향상에 가장 통합적인 방법이 바로 필사를 하는 것입니다.

④ 필사는 사고력을 높여 줍니다.

'손은 제2의 두뇌' 라고 부를 만큼, 두뇌활동과 밀접한 연관을 맺고 있습니다. 즉 손을 이용한 다양한 활동은 두뇌활동에도 좋은 영향을 주는 것이죠. 공책에 글을 쓰는 동안 우리 뇌는 계속해서 생각을 합니다. 필사는 단순히 글을 옮겨 적는 것 같아 보이지만 고도의 사고활동이 이뤄지는 과정입니다. 문장을 통해서 작가의 생각을 이해하고 더 나아가 자신만의 생각을 형성해 가게 됩니다.

⑤ 필사는 집중력을 높여 줍니다.

필사는 무엇인가에 집중하지 못하고 정서가 불안한 아이들이 반드시 해야 하는 과정입니다. 어려서부터 필사를 즐겨하는 아이들은 차분한 성격으로 사려깊은 행동을 하게 합니다. 느긋하고 여유롭게 앉아서 필사를 하는 것만큼 아이들의 원만한 성격 형성에 도움이 되는 방법은 없습니다.

⑥ 어떤 책을 필사해야 할까요?

필사를 할 때 중요한 전제 조건이 있습니다. 그것은 바로 아무 책이나 필사의 대상으로 삼아서는 안 된다는 것입니다. 책의 종류는 매우 많습니다. 책 중에는 양서라 불리는 좋은 책이 있는가 하면 그렇지 않은 책도 많습니다. 가장 쉬운 선택은 오랫동안 검증받고 사람들에게 사랑받아온 고전을 선택하는 것입니다. 또 외국 작품보다는 우리나라 작품을 선택하는 것이 좋습니다. 아무리 좋은 외국 작품이라도 원서 그 자체를 읽고 이해하기는 어렵습니다. 대개는 번역된 책을 보게 되는데 외국 작품을 번역하다보면 원서 그 자체의 깊이를 느낄 수가 없습니다. 그래서 될 수 있으면 한국 작품을 선택하는 것이 도움이 됩니다.

[6] 서술의 4가지 기본양식

문장을 쓰기 시작할 때에는 어떤 의도, 곧 중심적 목적을 가진다. 이 목적은 단지 서술한다는 차원에서가 아니라, 전달이라는 차원에서 가지게 된다. 필자와 독자의 관계를 의식하고, 어떤 의도, 어떤 목적으로 쓴다는 것이 명백해야 한다.

문장의 의도, 또는 목적은 ① 논증 ② 설명 ③ 묘사 ④ 서사 등 4가지로 나뉜다. 이 4가지 서술의 기본양식은 시, 소설, 희곡, 일기, 감상문, 관찰문, 서간문, 식사문, 설명문, 논설문, 논문 등 서술에 두루 적용되는 기본 방법이다.

(1) 논증(論證, argument)

어떤 명제에 대하여 논거를 제시하는 서술활동이다.

독자의 생각, 태도, 관점, 감정 등을 변화시키고자 한다. 완전히 객관적으로, 또는 비개인적 방법으로 독자가 가지는 논리적 능력에 호소할 수도 있고, 또는 독자의 감정에 호소할 수도 있으나, 어느 경우이건 그 의도는 독자에게 어떤 변화를 일으키고자 하는 것이다. 어떤 주장, 판단, 의견을 제시하고 증명하여 독자를 설득시키려는 의도로 쓰는 것이 논증이다. (논문, 논설문)

(2) 설명(說明, exposition)

주제를 해설하거나 똑똑히 밝히는 서술활동이다.

독자에게 무엇인가를 알리고자 한다. 무엇을 설명하고, 어떤 사상을 독자에게 밝혀주고, 어떤 성격이나 상황을 분석하고, 어떤 말의 뜻을 풀이하며, 어떤 방향을 제시해 주는 것이다. 이러한 의도로 쓰는 것이 설명이다. (설명문)

(3) 묘사(描寫, description)

사물이 지닌 성질, 사물이 우리의 감각에 만들어 주는 인상이 무엇인가를 나타내 주는 서술활동이다.

자기가 보고 듣고 겪은 사물의 인상을 그대로 생생하게 독자로 하여금 상상적으로 체험하게 하고자 한다. 그 대상은 자연의 정경, 도시나 시골의 풍경, 사람의 얼굴 등 삼라만상이 해당된다. 이러한 대상들을 있는 그대로 객관적으로 그려내어 서술하는 것이 묘사이다.
(묘사는 글쓰기의 꽃이다. 글쓰기 능력은 묘사로 평가된다.)

(4) 서사(敍事, narration)

의미있는 행동의 시간적 과정을 서술하는 활동이다.

어떤 사건의 의미 있는 시간적 과정을 표현하고자 한다. 사건은 웅장하거나 평범한 것일 수도 있고, 스포츠 경기나 전쟁, 각종 선거나 들놀이인 경우도 있을 것이다. 어떤 사건이든, 필자는 시간 속의 한 연속과, 경우에 따라서는 한 사건이 다른 사건으로 어떻게 전개되는가 하는 이유를 제시하고자 하는 것이다. 이러한 의도로 서술하는 것이 서사이다.
(소설, 동화, 기행문, 일화, 전기, 실록, 비사, 신문기사)

[7] 반복은 천재를 만들고 신념은 기적을 만듭니다.

어떻게 하면 공부를 효과적으로 할 수 있을까요? 영어를 쉽고 빠르게 배울 순 없을까요? "뇌가소성을 알면 가능합니다." 어떻게 하면 효과적으로 두뇌를 업그레이드 할 수 있을지 세 가지를 알려 드리겠습니다.

"조디 밀러"라는 3살 여자아이는 심한 발작을 겪었습니다. 병원에서 진료를 받아보니 〈라스무센 뇌염〉이라는 희귀병이었습니다. 왼쪽 뇌에는 심각한 마비가 찾아왔는데요. 알려진 모든 치료법에 실패하자, 의사들은 두뇌의 절반을 제거하는 반구절 제술을 시행했습니다. 시간이 지났습니다. 뇌절반을 없앤, 이 아이는 어떻게 되었을까요?

놀랍게도 몸 왼쪽에 약간의 마비가 있었지만 정상적으로 살아가고 있었습니다. 우리의 신체 부위별 뇌가 정해져 있고, 만약에 이것이 바뀔 수 없다면 불가능한 현상입니다. 인간의 뇌는 완성된 상태가 아닌 미숙한 상태로 태어납니다. 이후, 우리의 두뇌는 주어지는 자극들을 받아들이고 그 필요에 맞게 가장 적합한 형태로 발달합니다. 이것을 '뇌가소성'이라고 합니다.

컴퓨터나 스마트폰과 같은 하드웨어는 위치별로 역할이 정해져 있습니다. 그래서 특정 부위를 없애면 화면이 보이지 않거나 소리가 들리지 않거나 하는 장애가 발생할 것입니다. 하지만 우리의 뇌는 다릅니다. 일부 영역을 제거하여도 끊임없이 새로운 자극을 받아들이고 그에 맞게 뇌의 영역을 재편합니다.

"뇌는 어려운 과제와 목표에 맞게 항상 스스로를 조정한다. 환경의 요구에 맞춰 자원의 형상을 뜨고 필요한 자원이 없을 때는 직접 만든다." 하지만 이런 가소성은 나이를 먹을수록 떨어진다고 합니다. 그럼 어떻게 하면 가소성을 높여서 두뇌를 발달시킬 수 있을까요? "정답은 바로 우리의 뇌가 그것을 중요하다고 여기게 만들면 됩니다." 중요하다고 여기는 자극이 생기면 우리의 몸은 그것을 수용하는 피질에 아세틸콜린이라는 물질을 분비합니다. 그러면 그 부위는 어린아이처럼 말랑한 가소성을 갖게 됩니다. 그 뜻인 즉, 새로운 정보를 쉽게 받아들인다는 뜻이죠. 그렇다면 어떻게 뇌가 자극을 중요하게 여기게 만들 수 있을까요? 이것을 잘 활용한다면 외국어를 배우는 데, 시험공부를 할 때, 우리의 신체능력을 발달시키는 데, 운동을 할 때, 그리고 자녀를 양육할 때 등 효과적으로 활용할 수 있습니다. 세 가지 구체적인 행동 방법을 알려드리겠습니다.

첫째, 지속적으로 노출하라
둘째, 생존환경을 만들어라
셋째, 호기심과 보상을 제공하라

첫째, 지속적으로 노출하라
일본에서 태어난 하야토와 미국에서 태어난 아기 윌리엄이 있다고 합시다. 태어난 직후 두 아이의 두뇌는 별다른 점이 없습니다. 하지만 두 아이가 듣는 언어가 다릅니다. 일본어와 영어의 발음 차이 중 가장 큰 것은 R과 L의 구분이 있다는 것입니다.

하야토는 R과 L에 대한 소리의구분이 필요없어 집니다. 시간이 지나, 이 아이는 두 소리를 구분하지 못하게 됩니다. 하지만 윌리암에게 이 두 소리의 구분은 중요한 모국어의 영역이기에 부분 능력이 점차 발달하게 됩니다. 이처럼 발달을 하고 싶은 영역에 대한 지속적인 자극은 뇌를 변화시킵니다.

둘째, 생존환경을 만들어라
즉각적으로 아세틸콜린을 분비해서 뇌에 각인시키는 방법이 있습니다. 그것은 바로 생존의 위협이 되는 경험입니다. 우리는 태어날 때, 불이 위험하다는 것을 모르고 태어납니다. 하지만 한 번이라도 불에 데일 뻔한 경험을 하면 그것은 즉각, 두뇌 깊숙이 자리잡게 됩니다. 뇌는 생존의 위험이 되는 것에 대해서는 특별히 가산점을 부여합니다.
외국에 수년간 체류를 했어도 언어가 늘지 않는 사람들이 있습니다. 한인들끼리만 친하게 지내고 취미 정도로 외국어를 경험한다면 우리의 두뇌는 새로운 이 언어에 대해서 마음을 열지 않을 겁니다. 하지만 외국에 조금 살았지만 금방 언어를 배우는 사람도 있습니다. 바로 외국인들을 상대로 가게에서 일을 하거나 즉각적인 대답이 필요한 환경에 있었던 사람들인데요. 우리의 뇌는 위기에 대해 가산점을 부여하므로 두뇌 가소성이 활성화 되게 됩니다.

셋째, 호기심과 보상을 제공하라
교육심리학자 라슬로프가는 천재는 '태어난 것이 아니라 만들어지는 것이다'라는 신념을 가진 사람이었습니다. 그녀는 세 딸에게 이 신념을 토대로 체스교육을 하였습니다.
먼저 아이들에게 비밀의 방에서 무언가를 하는 것처럼 하여서 체스에 대한 호기심을 불러일으켰습니다. 그리고 점차 자라면서 체스 성적에 따라서 포옹과 시선과 관심을 제공하였습니다. 아이들은 어떻게 되었을까요?
자연스럽게 색다른 체스에 대한 뇌의 회로가 발달할 수 밖에 없었습니다. 세 딸은 모두 어린 나이에 체스 그랜드마스터가 되었습니다. 호기심은 사람을 관심 끌게 하고 뇌의 재편을 활성화합니다. 탈무드, 공자, 소크라테스의 교육법은 모두 질문을 제시하며 시작합니다. 이것은 우연이 아닙니다. 다음으로 보상입니다. 우리에게 적절한 보상이 주어질 때에 뇌에서는 도파민이 분비됩니다. 이것은 자연스럽게 생존의 환경으로 이어지게 되고 더 많은 도파민 분비를 받기 위해서 뇌는 그 방향으로 노력을 하게 됩니다. 보상은 간식과 돈과 같은 물질일 필요는 없습니다. 친구들의 칭찬과 인정, 부모님의 따뜻한 시선도 뇌를 바꾸는 충분한 보상이 될 수 있습니다. 지금까지 뇌가소성과 이것을 이용해 우리의 두뇌를 발달시키는 법에 대해서 알아보았습니다. 뇌가소성이야기는 성장이 없이 정체돼 있다고 느낀 사람들에게는 절망감을 줍니다. 하지만 반대로 앞으로 좋은 자극을 주면 달라질 수 있다는 희망을 주기도 합니다. 뇌는 자신에게 대접하는 만큼 보답을 합니다. 【프롤로그 끝】

나의 첫 질문

국어공부
어떻게 해야 할까요?

부제 : 어린이 문장강화 **원고지 사용법** 편

이 책을 내면서

　어린이들은 참으로 많은 것을 보고 겪으며 자랍니다. 예쁜 꽃, 귀여운 동물, 싱그러운 바람, 맑은 햇살, 그리고 부모님과 가족들의 따뜻한 사랑, 아름다운 이야기……．

　친구들과의 놀이, 장난감, 그림 그리기, 책 읽기, 어린이들에게 필요한 것은 참으로 많습니다.

　그 중에서도 충분한 영양분은 어린이들의 몸을 자라게 해 주고 좋은 글 한 편은 정신을 살찌게 해 줍니다. 거기에 좋은 글을 쓸 수 있는 기회가 보태진다면 더더욱 몸과 마음이 튼튼한 어린이로 자랄 것입니다.

　일기를 쓰면서 하루를 반성하고, 동시와 동화를 쓰면서 많은 상상의 세계를 펼치고, 생활문을 쓰면서 사랑을 배우고, 논설문·설명문·독후감을 쓰면서는 논리적이고 체계적인 사고력을 키우게 됩니다.

　좋은 생각이 담긴 글을 많이 읽고, 좋은 생각을 많이 해 보며, 좋은 생각을 글로 표현해 보는 것, 어린이들에게 그것만큼 소중한 것은 다시 없을 것입니다.

2025년 3월
지은이

차 례

나의 첫 질문 국어공부 어떻게 해야 할까요?

부제 : 어린이 문장강화 **원고지 사용법**편

1. 원고지에 글을 써야 하는 까닭은 무엇일까요? • 9
   원고지의 종류 / 원고지의 자세한 이름 /
   원고지 쓸 때의 기본 조건

2. 원고지의 표지는 어떻게 꾸며야 할까요? • 19

3. 원고지의 첫머리는 어떻게 쓰나요? • 23
   글의 종류 / 제목과 부제 / 소속과 이름

4. 본문은 어떻게 쓸까요? • 33

5. 문장 부호는 어떻게 써야 할까요? • 71

6. 글 다듬기는 어떻게 할까요? • 121

1 원고지에 글을 써야 하는 까닭은 무엇일까요?

　우리는 오래 전부터 원고지에 글을 써 왔습니다. 요즈음은 컴퓨터가 많이 보급되어 원고지 사용이 많이 줄어든 것은 사실입니다. 그래서,
　"원고지에 쓸 필요가 뭐 있어요?"
라고 묻는 어린이도 있을 것입니다. 그러나 그것은 틀린 생각입니다. 어른이 된 후에도 글을 써야 하는 일이 많기 때문에 원고지는 사라지지 않을 것입니다.

○ 시작은 어떻게 해야 하나?

○ 이야기가 바뀌고 새로운 단락은 어떻게 써야 하나?

○ 대화체는 어떻게 써야 하나?

그런 식으로 글을 쓸 때 맞닥뜨리는 여러 문제들은 원고지를 제대로 쓸 줄 알아야 해결될 수 있기 때문입니다.

그러므로 어린이 여러분이 아무리 컴퓨터 세대라고 하더라도 원고 쓰는 기본은 정확히 알고 있어야 하겠습니다.

1. 원고지의 종류

전쟁에 나가려면 무기가 있어야 하고, 무기를 이용하려면 무기에 대해 잘 알고 있어야 합니다. 글을 쓸 때도 마찬가지입니다. 원고지에 글을 쓰기 위해서는 원고지에 대하여 잘 알고 있어야 하겠죠. 또한 원고지를 편하게 대하기 위해서는 항상 원고지를 곁에 두고 글을 써 보면서 친구처럼 친해져야 할 것입니다.

우선 원고지의 종류에 대해 알아보도록 해요.

원고지는 크게 일반 용지와 특수 용지가 있습니다.

우선 일반 용지는 흔히 사용하는 200자 원고지를 말합니다.

더러 사용자의 주문에 따라 400, 600, 1000자의 원고지가 있기도 하지만 원고지의 가장자리에 20×10이라고 표시되어 있는 200자 원고지가 어린이 여러분이 가장 많이 사용하는 원고지입니다.

특수 용지는 신문, 잡지, 사전 등 특수한 목적을 위해 만들어진 원고지입니다. 책 한 쪽이 원고지 한 장 분량이 되는 용지가 많습니다.

특수 용지에는 이런 것들이 있습니다.
- 100자(10×10, 20×5)
- 150자(15×10)
- 300자(15×20)
- 750자(25×30)
- 1000자(20×50, 25×40)

2. 원고지의 자세한 이름

원고지의 각 부분에 대해 자세한 이름을 알아 두면 글을 쓸 때와 읽을 때 매우 편리합니다.
　원고지의 자세한 이름은 다음과 같습니다.

(1) 칸

(2) 행(줄): 20칸이 있는 한 줄.

(3) 행간: 행과 행 사이의 여백으로서, 글을 다듬고 고치거나 밑줄·강조점 등을 찍는 곳.

(4) 퇴고란: 글을 다듬고 고칠 때 이용하는 사방난 외의 여백 및 행간.

(5) 각주부: 본문 중 어떤 부분의 뜻을 보충하거나 풀이하기 위해 내용을 덧붙이는 난.

⑹ 번호란: 일련 번호를 적어 전체 분량을 나타냄.

⑺ 칸 수 표시란: 가로 20칸, 세로 10행의 200자 원고지 등을 표시

실제로 다음 원고지를 보면서 위의 명칭을 확인해 보세요.

원고지 세부 명칭

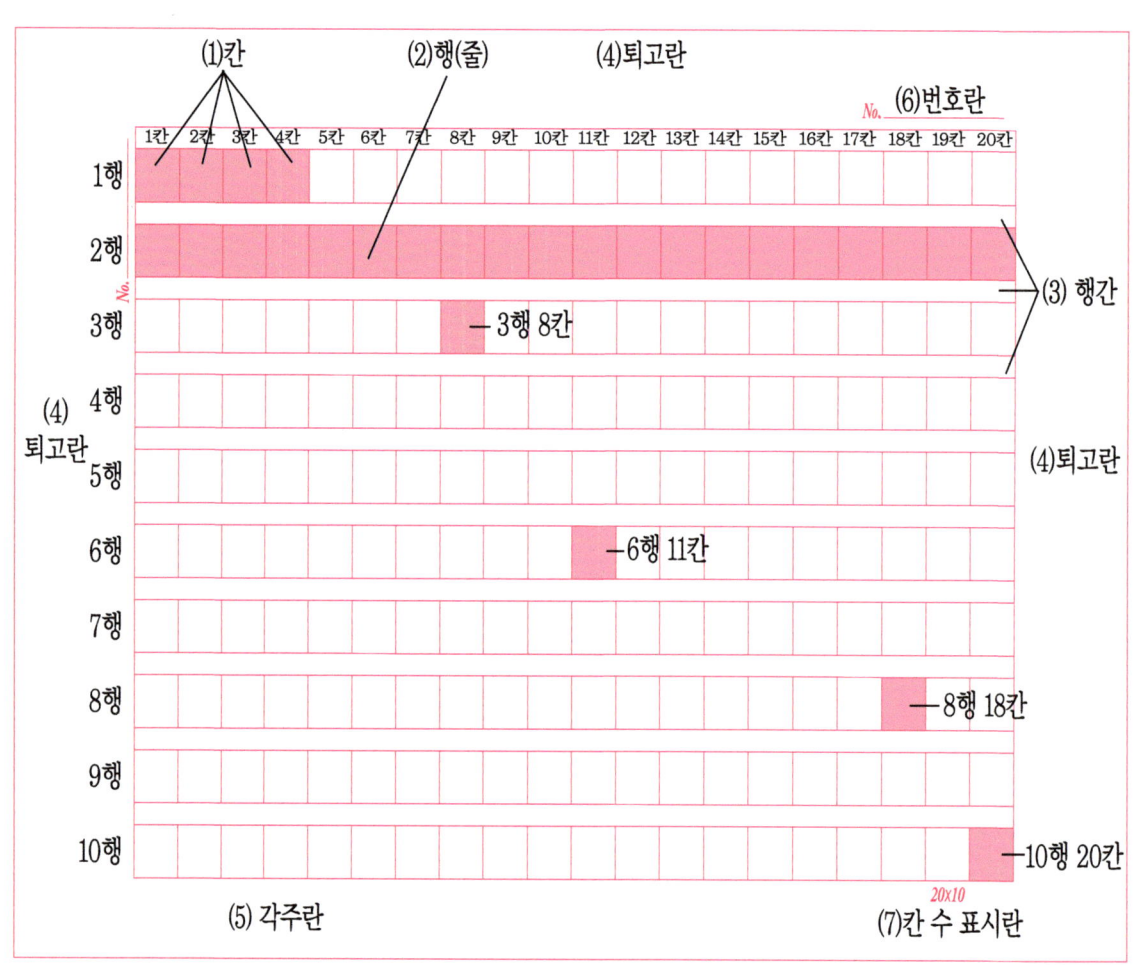

3. 원고지 쓸 때의 기본 조건

　원고지를 사용하려면 우선 맞춤법과 띄어 쓰기를 잘 알아야 하며, 문장 부호 역시 정확하게 써야 합니다.

　글에서 중요한 것은 내용이지만 맞춤법, 띄어 쓰기, 문장 부호가 엉망일 때는 글의 뜻을 정확하게 전달할 수가 없습니다.

　맞춤법, 띄어 쓰기, 문장 부호가 정확한 원고라면 읽는 사람에게 좋은 인상을 남길 뿐만 아니라 전달하려 하는 글 뜻을 정확하게 전할 수 있는 장점이 있습니다.

　글씨 또한 예의 바르게 써야 합니다.

　글씨는 그 사람의 인격, 얼굴이라는 말이 있습니다. 함부로 쓴 글씨를 보면, '인격이 나쁜 친구구나.'라고 생각할 수 있고 반대로 정성 들여 쓴 글을 보면, '아주 예쁘게 생긴 어린이겠군.' 하고 생각할 수 있는 것입니다. 어린이 여러분도 친구가 보여 준 원고를 볼 때 글씨가 예쁘고 원고 쓰기에 충실한 글이면 굉장히 기분이 좋을 것입니다. 그리고 "나도 이렇게 예쁘게 써야지." 하고 생각할 것입니다.

　원고지에 글을 쓴다는 것은 나 아닌 남에게 보여 주려는 목적이 많습니다. 그렇다면 상대방에게 최대한의 예의를 갖추는 것이 바람직하겠죠. 마치 친구들을 만나면 "안녕!" 하며 반갑게 인사하고, 이웃 어른이나 친척을 만나면 예의 바르게 "안녕하세요!"라고 인사하는 것처럼 말입니다.

또한 처음에는 글씨를 정성 들여 잘 썼다가 끝으로 갈수록 엉망이 되어서도 안 됩니다. 처음부터 끝까지 똑같이 정성이 들어가야 합니다.

글은 입으로 하는 말보다 훨씬 정확하게 '나'를 나타내는 것이기 때문이지요.

이렇듯 원고지에 글을 쓸 때는 상대방에게 최대한의 예의를 보인다는 자세를 갖춰야 하겠죠. 이러한 버릇은 어린 시절부터 다져 나가야 합니다. 그렇게 습관을 들인다면 먼 훗날 어른이 되어서도 글 쓰는 것만은 절대 다른 사람에게 뒤지지 않을 것입니다.

평상시에는 말솜씨도 좋고 표현력도 뛰어나는데, 원고지에 글을 써야 되는 상황이 되면 머릿속이 하얗게 지워진다는 친구들이 많습니다.

"아무것도 생각이 안 나요."

"그냥 말로 하라고 하면 자신있는데 원고지에 쓰라고 하면 자신이 없어져요."

"일기 노트에 글쓸 때는 안 막히는데 백일장을 나가거나 숙제 때문에 원고지 앞에 앉으면 한 글자도 써지질 않아요."

그렇게 하소연하는 친구들이 많을 것입니다. 그것은 참으로 곤란한 일이지요. 어려서의 습관이 평생을 가는데, 어른이 되어서도 자기 마음속을 제대로 표현 못하는 사람이 된다면 어떻게 될까요.

그 문제점을 해결할 방법은 아주 간단합니다.

자주 원고지를 써 보는 것입니다. 그렇게 되면 처음에는 겁이 났다가도 차츰 나아지게 됩니다.

"글이 되는지 어쩌는지 그건 모르겠는데 아무튼 원고지 쓸 때 겁내지 않아서 좋아요."

"원고지에 글을 쓴 뒤부터는 글쓰기에 자신이 붙었어요."

원고지와 친구처럼 지낸 친구들은 머지않아 그런 말을 하게 됩니다. 그것은 마치 처음 만난 친구가 서먹서먹했는데 자주 만나다 보니 둘도 없는 친구가 된 것과 같은 이치입니다.

어린이 여러분이 글을 잘 쓰기 위한 준비 과정으로 가장 먼저 해야 될 일은 원고지와 친해지는 것입니다. 그렇게 된다면 절반 정도는 글쓰기 실력이 늘어난 셈이 됩니다.

2 원고지의 표지는 어떻게 꾸며야 할까요

표지는 여러 장으로 쓴 원고를 한 묶음으로 묶어 그 앞에 제목, 이름 등을 기록하는 부분입니다.

보통 어린이들은 본문 첫 장을 표지로 사용하는 편이지요. 그러나 자신이 만든 작품을 정성스럽게 포장하는 것도 좋은 일입니다. 그러면 훨씬 정성이 돋보여, 보는 사람의 기분을 좋게 합니다.

하지만 표지에 쓸데없는 말을 써서는 안 됩니다.

'부탁드립니다', '자신있게 썼습니다' 하는 식으로 불필요한 글을 써 놓는다면 오히려 글의 격을 떨어뜨리는 결과를 낳게 됩니다.

　예문을 한 번 살펴보세요.

학교에 낼 원고

```
제10회 교내 글짓기 대회
글의 종별 : 생 활 문


              ┌──┬──────┐
              │제목│아 버 지│
              └──┴──────┘


                              제 3 학년  5반
                              이름 : 박 혜 수
```

　학교에 낼 원고지 표지에는 학교 명을 쓰지 않고 학년, 반, 이름만을 적습니다. 윗부분 왼쪽에 대회명과 글의 종류를, 가운데 부분에 제목을 넣습니다. 아랫부분 오른쪽에는 학년, 반, 이름을 넣어 전체적인 모양을 갖춰 줍니다.

학교 밖으로 보내는 원고

```
○○○주최 전국 독서 감상문 쓰기 대회
읽은 책 :           지은이 :
출판사 :           (출판년도)


          ┌──┬──────────┐
          │제목│          │
          └──┴──────────┘


               ○○ 초등 학교  제 ○ 학년 ○반
               이  름 : ○ ○ ○
               지도 선생님 : ○ ○ ○
```

　학교에 낼 원고와 다른 것은 학교 명을 쓴다는 것입니다. 제목을 가운데에 넣어 전체적으로 안정된 느낌이 들도록 해 줍니다.

3 원고지의 첫머리는 어떻게 쓰나요?

   원고지의 첫머리에는 글의 종류, 제목과 부제, 소속과 이름 등을 쓰는 부분인데 첫 장의 처음 5~6행 정도에 나누어 씁니다.

1. 글의 종류

우선 원고지 1행의 2칸부터 글의 종류를 씁니다.

○ 동시일 경우 — 〈동시〉

○ 동화일 경우 — 〈동화〉

○ 생활문일 경우 — 〈생활문〉

이런 식으로 말입니다.

간혹 글의 종류를 무관심하게 비워 두는 경우가 많습니다. 그것은 읽는 사람에 대해 전혀 배려하지 않은 것입니다. 글의 종류를 표시하지 않는다면 그 글을 읽는 사람은 이게 무슨 글일까, 생각해야 됩니다.

첫머리에 종류를 친절하게 적어 두면 읽을 때 아주 쉽게 구분할 수 있으므로 편리합니다.

〈예문 1〉

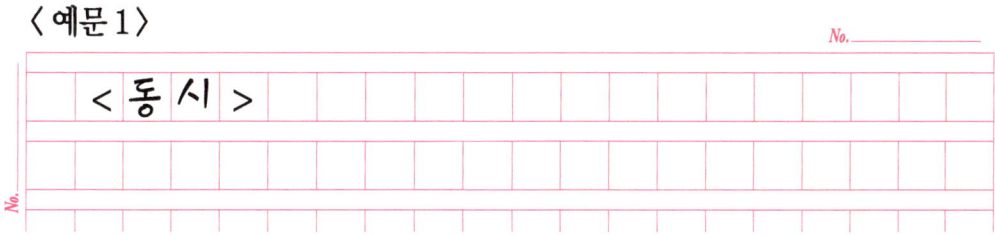

꼭 첫 칸을 비워 둬야 하는 것은 아니지만, 두번째 칸에서 괄호 표시를 하고 글의 종류를 써 줍니다.

또는,

〈예문 2〉

꼭 괄호 표시를 하지 않아도 됩니다. 깨끗하게 그냥 글의 종류만 써 주는 경우도 있습니다.

2. 제목과 부제

글의 종류를 적었으면 이제 글의 제목과 부제 및 소속과 이름을 써야 합니다.

제목은 2행 중심 부분에 놓이게 합니다.

〈예문 1〉

		<	동	화	>														
						행	복	한		멍	멍	이							

첫줄에 글의 종류를 적고, 두번째 줄에 제목을 적습니다. 어린이 여러분은 줄 가운데에 제목을 써 넣기가 어렵다고 생각할 수도 있는데, 아주 쉬운 방법이 있습니다.

{20 − (제목의 글자 수)} ÷ 2 = 띄어 쓸 칸이 됩니다. 이 때 제목의 글자 수는 띄어 쓰는 칸까지 포함해야 됩니다.

'행복한 멍멍이'는 7자이므로 (20 − 7) ÷ 2 = 6.5가 됩니다. 따라서 여기에서는 6칸이나 7칸을 띄고 제목을 쓰기 시작하면 됩니다. 일부러 손가락으로 세어 가며 양쪽 칸을 띄어

쓰려 애쓰지 말고 위의 공식을 외웠다가 사용해 보세요.

　단, 제목이 두 글자일 때에는 두어 칸 벌려서 써도 됩니다.

　그렇게 하면 답답하지 않아서 좋겠죠?

〈예문 2〉

```
|   | < | 동 | 화 | > |   |   |   |   |   |
|   |   |   |   |   |   | 아 |   | 기 |   |
```

　첫줄에 글의 종류를 적고, 두번째 줄에 제목을 적는 것은 같지만 제목 글자 수가 적을 경우에는 위의 예문처럼 한 칸 정도 비워 놓고 쓰기도 합니다.

　또한 제목을 쓸 때는 문장 부호 사용에 주의를 해야 합니다.
　그 주의할 사항은 다음과 같습니다.

○ 마침표를 찍지 않습니다.

○ 물음표나 느낌표는 될 수 있으면 넣지 않습니다.

○ 같은 계열의 낱말이 계속될 때는 쉼표 대신에 가운뎃점을 찍습니다.

○ 말줄임표(……)는 사용하지 않습니다.

○ 제목이 길 때에는 두 행을 잡아서 씁니다. 두 행 중 첫 행은 왼쪽으로, 두 번째 행은 오른쪽으로 치우치게 씁니다.

〈예문 3〉

		<	독	서		감	상	문	>		
			세	상	에	서		가	장		아	름	다	운
								부	모	님		사	랑		

위의 예문은 제목이 길어서 두 줄로 나누어 적은 것입니다. 그럴 경우 윗줄은 약간 왼쪽으로, 아랫줄은 약간 오른쪽으로 치우치게 하면 보기에 편할 것입니다. 될 수 있으면

윗줄 왼쪽 빈칸과 아랫줄 오른쪽 빈칸의 숫자가 같도록 하는 것이 좋습니다.

제목을 뒷받침해 주는 부제가 있을 경우에는 본 제목 아랫줄에 쓰도록 하며 양끝에 줄표(─)를 해둡니다.

〈예문 4〉

```
<독서  감상문>
    우리  나라가  겪은  비극은
    21세기에는  큰  힘으로  탄생
    ─《우리의  통일은》을  읽고─
```

셋쨋줄에 줄표(─)를 하고 괄호 안에 책 제목을 넣은 뒤에 다시 줄표(─)를 했습니다. 그렇게 해 줌으로써 무엇을 읽고 독서 감상문을 썼는지 쉽게 알 수 있습니다.

3. 소속과 이름

글쓴이의 소속과 이름을 쓸 때는 원칙적으로는 제목 아래 1행을 비우고 두 행을 잡아서 쓰게 되어 있지만, 보통은 제목 바로 다음 행 오른쪽으로 전체 균형을 잡아서 씁니다.

소속의 끝 자와 바로 밑에 성명의 끝 자가 오게 하여 위와 아래를 가능하면 맞추고, 끝 글자 뒤에는 세 칸 정도 비워 둡니다.

〈예문 1〉

<	생	활	문	>					
			제	가		누	구	냐	면요
					한	국		초	등	학	교
						3	학	년		3	반
								남	한	국	

이름을 조금 부각시키기 위해 끝 글자 뒤에 두 칸을 비워 두기도 합니다.

보통 성과 이름은 붙여 쓰지만, 분명히 구분해서 써야 할 경우에는 띄어 씁니다.

예를 들어 '제갈 공명'이나 '황보 영' 같은 경우, 붙여 쓰게 되면 성과 이름의 구분이 모호하므로 띄어 씁니다.

또한 성명의 각 글자 사이는 시각적인 효과를 위해 널찍하게 한두 칸 정도씩 비워 두어도 좋습니다.

〈예문 2〉

```
<동시>
        우리  집의   귀염둥이


                         김  한  라
```

소속을 밝힐 필요가 없을 때가 있지요. 이럴 경우에는 위의 예문처럼 이름을 한 자씩 띄워 쓰기도 합니다. 또는 성과 이름 사이만 한 자 띄우기도 합니다.

학교에 낼 원고는 소속을 ○○학교라고 표시할 필요 없이 학년, 반, 번호만 적거나 아니면 간단하게 학년과 반만 적습니다.

〈예문 3〉

```
< 동 화 >
            오 줌 싸 개
                    2 학 년    2 반
                20 번    김 하 늘
```

학교명을 적을 필요가 없기 때문에 학년 반을 제목 밑에 쓰고, 그 밑으로 번호와 이름을 적습니다. 이럴 경우 윗줄, 아랫줄의 빈칸이 같도록 하는 것이 좋습니다.

4 본문은 어떻게 쓸까요?

글의 종류, 제목, 소속, 이름 등을 쓰고 나서 이제 본격적으로 내용을 써야 할 차례입니다. 이 부분을 본문이라고 부르죠. 본문에서는 원고지를 어떻게 사용해야 할까요?

본문 쓰기에 앞서 항상 유념해야 될 일은 글씨를 반듯반듯하게 잘 쓰겠다는 스스로의 약속입니다. 원고지 칸이 확실하게 나누어져 있기 때문에 흘려 쓰거나 자기 자신만 읽을 수 있는 글씨는 절대 안 됩니다.

1. 원고지 한 칸에는 한 자씩

원고지 칸을 무시하고 두 칸에 한 자씩 쓴다거나, 한 칸에 두세 자씩 쓴다면 원고지 사용에 전혀 도움이 되지 않을 뿐더러 굳이 원고지에 글을 쓸 필요도 없습니다.

원고지에 글을 쓸 때는 한 칸에 한 자씩 쓰도록 해야 합니다.

의자에 앉을 때 한 개의 의자에 한 사람이 앉아야 편하듯이 원고지 한 칸에 한 자씩을 써야 읽기 편합니다.

〈예문1〉

	나	는		형	하	고		같	이		영	어		학	원	에		다	닌
다	.		우	리	는		학	원	에		가	기		전	에		예	습	을
하	기	로		하	였	다	.		나	는		A	에	서		Z	까	지		순
서	대	로		외	우	고	,		형	은		Z	에	서		A	까	지		거
꾸	로		외	우	는		것	이	다	.									

시작 첫 칸을 비우고, 순서대로 한 칸에 한 글자씩 썼습니다.

2. 본문이 처음 시작될 때와 문단이 바뀔 때

　　이 때는 무조건 첫 칸을 비워 두고 그 다음 칸부터 쓰기 시작합니다.

　　처음 선생님을 만나면 "안녕하세요?"라고 인사합니다. 하지만 한 번 인사를 했다고 해서 다시는 인사할 필요가 없는 것은 아니죠.

　　어제 만났지만 오늘 또 만나면 "안녕하세요?"라고 똑같은 인사를 해야 합니다.

　　그런 것처럼 본문이 처음 시작될 때뿐 아니라 새로운 이야기로 문단이 바뀔 때에도 반드시 인사하듯 칸을 비워 둬야 합니다.

　　이렇게 칸을 비우며 글을 시작하는 것을 '들여 쓰기'라고 합니다.

　　본문이 처음 시작할 때와 문단이 바뀔 때의 들여 쓰기를 예문을 통해 확실히 익혀 보세요.

〈예문1〉

```
〈생활문〉
              다람쥐
         송죽 초등 학교
            3학년 5반
               김재철

 친구 현우, 그리고 그 애 아저씨, 나,
이렇게 세 명이 다람쥐 집을 다시 보
기 위해 집을 나섰다. 지난 주에 산에
갔다가 우연히 발견한 다람쥐 집이었다.
```

이처럼 본문이 시작될 때는 첫 칸을 무조건 비우고 둘째 칸부터 쓰기 시작합니다.

〈예문 2〉

```
          〈생활문〉
              내 친구 재욱이
                 한국 초등 학교
                    3학년 5반
                       오현식

 학교에서 재욱이랑 약속을 하였다. 학
교 수업이 끝나면 만나서 놀자고 말이
다.
 학교 수업이 끝나자 우리는 손을 잡
```

첫 문장이 시작될 때 첫 칸을 비우는 것처럼, 새로운 문단이 시작될 때도 첫 칸을 비워 둡니다.

어린이 여러분은 어느 부분에서 문단을 바꿔야 할지 판단하기가 어렵다고 말하곤 하죠. 그러나 그럴 필요가 없습니다. 시간, 장소, 이야기 등이 바뀌면 행을 바꿔 주면 됩니다. 그 외에도 인용문을 넣을 때나 대화를 넣을 때에도 행을 바꿔 줄 수 있습니다. 좀더 알아보겠습니다.

3. 대화체를 쓸 때

이 때도 한 칸 들여 씁니다.

어린이 여러분은 이 부분에서 많이 실수를 합니다. 대화체가 시작될 때는 무조건 한 칸씩 비워 둔다고 마음속으로 약속을 하세요. 그러면 대화체를 쓸 때 실수는 하지 않을 것입니다.

대화체가 한 줄로 끝나지 않고 두세 줄까지 이어져도 앞 칸은 비워 두는 것이 원칙입니다.

〈예문1〉

〈일기문〉

　　　　뜨개질

　　　한국 초등 학교

　　　　4학년 1반

　　　　　유빛나

학교에서 신기한 일이 있었다.
　"빛나야, 이 목도리 어때? 내가 직접 짠 거야."
　은미가 다가와 목도리를 자랑하였다.

위의 예문과 같이 첫 문장이 시작될 때 첫 칸을 비우는 것처럼 대화체가 시작되기 전에도 처음 한 칸을 비웁니다. 대화가 끝나지 않았는데 줄이 바뀔 경우에도 앞 칸은 비워 둡니다. 그리고 대화체가 끝나고 다시 본문이 시작될 때에도 한 칸을 비워 둡니다.

4. 본문에서의 인용 부분

여기에서는 인용 부분 전체를 한 칸씩 들여 씁니다.

인용 부분은 인용 부호가 들어가는 경우와 들어가지 않는 경우로 나누어집니다.

각각의 예문을 보고 익혀 보세요.

문장에 인용 부호가 들어가는 경우

〈예문1〉

```
  피리 선수인 박연은 소리를 가려 듣
는 솜씨가 뛰어나서 어떤 소리라도 그
특징을 지적할 정도였습니다. 사람들은
 "박연의 귀는 신선의 귀다!"
 "박연의 귀는 귀신의 귀다! 어떤
소리라도 박연의 귀를 피할 수가 없
다."
고 하였습니다.
```

어린이 여러분이 원고지 쓰기에서 어렵다고 생각하는 부분이 있습니다. 위의 예문처럼 문장 뒤에 대화체가 들어갈 경우입니다. 그럴 때는 줄을 바꿔 첫 칸을 띄운 뒤에 큰 따옴표를 하면 좋습니다. 그리고 아직 문장이 끝나지 않은 상태이니까 대화체가 끝난 뒤 다음 줄 맨 앞 칸에 마무리 글을 넣습니다. 그러니까 대화나 인용문 다음에 연결되는 ―하고, ―라고, ―하면서, ―한다 등 연결문은 다음 첫 줄 첫 칸부터 쓴다고 생각하면 됩니다.

인용문에 인용 부호가 들어가지 않는 경우

위 아래로 한 줄씩 비워 줍니다.

〈예문 2〉

동시를 쓸 때 여러 가지 방법이 있다. 그 중에서도 바위, 달, 해, 동물 등이 사람처럼 말을 하고 움직이는 것처럼 쓰는 경우가 많다. 이와 같은 방법을 의인법이라고 한다.

자명종 시계는
귀신이에요.

이런 식으로 사람 아닌 어떤 물체를

이처럼 인용 부호를 사용하지 않을 때에는 위 아래를 한 줄씩 비워 둡니다. 바꿔 말하면, 위와 아래를 한 줄씩 비워 주고 인용하면 인용문에 인용 부호를 사용하지 않아도 됩니다.

5. 항목별로 나열할 때

이 때는 한 칸씩 들여 씁니다.

〈예문1〉

1.	회	의	를		통	해		우	리	가		생	각	할		점	이
무	엇	인	가	를		알	아	보	자	.
	가	.	질	서	를		잘		지	키	려	면
	나	.	예	의	바	른		어	린	이	가		되	려	면
	다	.	건	강	한		몸	을		가	꾸	려	면

원고지나 노트에 여러 항목을 적어야 할 때 어떻게 할까, 생각하게 됩니다. 그럴 경우 주제를 쓸 때는 첫 칸부터 쓰지만, 나눠지는 부제를 쓸 경우에는 첫 칸을 비워 두고 항목을 적습니다.

〈예문 2〉

```
　예의바른　어린이가　되기　위해서　우리
가　지켜야　할　일은,
　가. 항상　웃는　얼굴로　인사한다.
　나. 먼저　인사를　한다.
　다. 잘못한　점은　먼저　사과를　한다.
등이다.
```

주제가 한 가지일 경우에는 첫 줄 첫 칸을 비워 두고, 나뉘지는 부제 또한 한 칸씩 비워 둡니다.

44

6. 작은 제목이나 단락 제목

본문 중에서의 소항목 표제 또는 단락 표제를 표시할 경우에는 제목은 한 칸 또는 두 칸씩 들여 씁니다.

〈예문1〉

	(1)	나	만		아	는		이	야	기	를		씁	니	다	.
	어	린	이	가		선	택	하	는		동	시	의		글	감	은		거
의		일	상	적	인		것	들	입	니	다	.

위의 예문처럼 첫 칸을 비워 두고 쓰면 됩니다. 그리고 줄을 바꾸어 다시 한 칸을 띄우고 씁니다.

여러 개의 소항목이 있는데 그것은 모두 잇대어서 쓰게 되면 뜻 구분이 어려워집니다.

7. 인용문 안에서 문단이 바뀔 때, 시·시조·노랫말 등을 인용할 때

이 때는 모두 두 칸 들여 씁니다.

각각의 예문을 제시해 보겠습니다.

첫째, 인용문 안에서 문단이 바뀌는 경우

〈예문 1〉

```
당시 그는 바로 밑의 인행을 비롯하
여 동생 셋을 데리고 있었다. 인철의
넷째 동생 인규는 그 때 일을 이렇게
전한다.

    고3 때 형님은 판사로 보따리를
들고 좌석 버스를 타고 다니시는 그
박봉 속에서 우리들 학비를 거의 전
담하시면서도 알뜰살뜰 돈을 모아 미
아리에 조그만 주택을 마련하셨다.
```

인용문 내에서 다른 인용문을 바꿔 할 경우에는 시작되는 첫 줄의 두 칸을 비워 둡니다. 또한 인용문이 계속되는데 문단이 바뀌어야 할 경우에도 두 칸을 비워 둡니다.

〈예문 2〉

```
　　그 해 늦가을 형님은 예쁜 색시를
얻어 결혼을 하셨다. 늦은 결혼이었지
만 많은 사람들이 오셔서 축복해 주
었고 우리집은 아연 활기를 띠었다.
왜냐하면 남자들이 득실득실대던 우리
집에 여자! 그것도 예쁜 여자를 들
여 왔으니 말이다.

　인철은 동생들을 부양하고 있는 탓에
최영희에게 아내로서의 역할 외에 동생
```

　　인용문이 끝나고 다시 처음 인용문으로 되돌아야 할 경우 한 줄을 비우고, 다음줄 첫 칸을 띄우고 쓰기 시작합니다.

둘째, 시·시조·노랫말을 인용하는 경우

〈예문 3〉

동시를 지으라면, 처음에는 누구나 산문처럼 쓰게 됩니다. 길게 써 놓고 동시라고 우기기도 합니다. 동시가 무엇인지 살펴보기로 합시다.

　침대에 누워
　가만히 귀를 묻으면
　무슨 소리가 들려오지요.

　선물 한아름 안고 살금살금
　굴뚝으로 내려오시는
　산타 할아버지의 발짝 소리가 들리지요.

　침대에 누워
　가만히 귀를 묻으면

앞의 예문처럼 인용문 안에서 시·시조·노랫말을 인용하게 되면 새로운 인용문의 앞과 뒤를 한 줄씩 비워 둡니다. 그리고 새로운 인용문에서 행을 바꾸지 않고 계속 쓸 경우 첫 칸만 비워 둡니다. 그것은 앞 시행에 계속 이어지고 있다는 표시입니다.

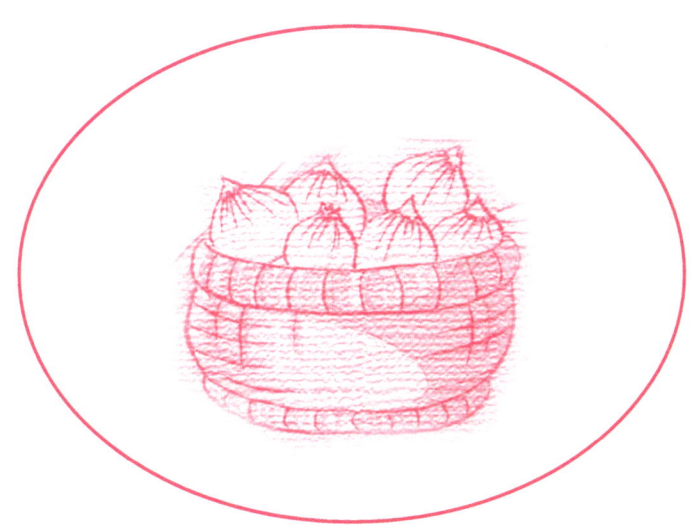

8. 첫 칸을 비우는 경우

　문단을 처음 시작할 때 외에는 절대 첫 칸을 비우지 않습니다.
　줄의 끝에서 비울 칸이 없을 때에는 글자 옆에 띄우는 표시(∨)를 해 놓으면 됩니다. 그 다음 줄은 첫 칸부터 쓰기 시작합니다.

〈예문1〉

	지	난		여	름		생	각	이		났	다	.	굉	장	히		더	운
여	름	이	었	다	.		우	리	들	은		냇	가	에		나	가		종	일
	물	놀	이	를		하	며		더	위	를		식	혔	다	.	'	후	아	후
아	'		하	는		소	리	를		토	해		내	면		더	운		기
운	이		몸		밖	으	로		조	금	씩		빠	져	나	가	는		것
만		같	았	다	.
	간	혹		고	추	잠	자	리	가		머	리		위	에	서		뱅	뱅
돌	아	다	니	는		모	습	도		볼		수		있	었	다	.		우	리
는		후	다	닥		잠	자	리	채	를		들	고	서		뛰	어	다	녔
지	만		잡	기	는		정	말		힘	들	었	다	.

앞의 예문처럼 첫 칸을 비우는 것은 새로운 문단이 시작되었음을 알리는 것입니다. 만일 문장이 안 끝났는데 띄어쓰기에 충실하느라 첫 칸을 비우면 원고 쓰는 격식에 어긋납니다.

9. 원고지의 한 칸은 활자 한 개의 간격

원고지의 한 칸에 글자 한 개 쓰기는 원칙입니다. 그렇기 때문에 띄어 쓸 경우에 띄어 쓰지 않거나, 띄어 쓰지 않아도 되는 단어를 띄어 놓으면 의미를 이해하기가 힘들어집니다.

띄울 칸이 왼편의 첫 칸에 해당될 때는 비우지 말고 바로 윗줄의 글자 오른쪽 끝 여백에 띄움표(∨)를 해 둡니다.

〈예문 1〉

시	계	가		일	어	나	라	고		야	단	입	니	다	.		내		방
시	계	는		잠	도		안		자	고		앉	아		있	나		봐	요 .
아	침		일	곱		시	만		되	면		어	김	없	이		일	어	나
'	따	르	릉	따	르	릉	'		하	며		소	란	을		피	웁	니	다 .

위의 예문처럼 띄어쓰기를 해야 하는데 빈 칸이 없을 때는 원고지 오른쪽 끝 부분에 띄움표(∨)를 해 주고, 다음 줄 첫 칸부터 글을 써 갑니다.

만약 붙여 쓰기를 표시해야 될 경우에는 반대로 글자 오른쪽 여백에 이음표(⌒)를 해둡니다.

〈예문 2〉

이번	겨울	방학	선물로는	무엇을	갖
다	줄까?	지금	생각엔	눈사람이나	얼
음을	갖다	주고	싶은데	가다가	다 녹
아	버리겠지?				

이미 전달에 아주 지장이 없을 경우에는 부득이 (∨), (⌒) 표시를 할 필요는 없습니다. 특별히 주의를 환기시켜야 할 경우에만 신경써서 부호를 붙이면 됩니다.

10. 글의 문단이 완전히 끝났을 때

이 때는 마침표를 찍고 줄바꾸기를 합니다.

새로운 문단이 시작되었는데 줄바꾸기를 하지 않았거나 새로운 문단이 아닌데 줄바꾸기를 했다면 의미 전달이 약해집니다.

〈예문1〉

```
  어른들의  생각을  이해할  수가  없다.
공부만  잘  하면  뭐든지  모범생인  줄
안다.  공부  못하는  애가  사고를  치면
문제아가  되지만  공부  잘  하는  애가
사고를  치면  실수였다고  생각한다.
  공부가  인생의  전부는  아니다. 공부를
못했어도  인류와  나라를  위해  좋은  일
을  한  위인은  얼마든지  있다.
```

위의 예문처럼 글의 문단이 끝났으면 마침표를 찍은 뒤에 다음줄 한 칸을 비워 두면 됩니다.

11. 그 외의 여러 경우

다음과 같은 경우에는 모두 한 줄을 비워 줍니다.

첫째, 문맥상 크게 단락을 지어야 할 때 비웁니다.

〈예문 1〉

|콩쥐는 어려서부터 불행했습니다. 어머니께서 일찍 돌아가셨기 때문입니다. 그것만이 아니었습니다.

　

어느 봄날, 콩쥐는 새어머니를 맞이하였습니다. 새어머니는 팥쥐라는 딸을 데리고 왔습니다. 계모와 팥쥐는 콩쥐를 괴롭히기 위해 태어난 사람 같았습니다.

　

그렇게 콩쥐의 불행은 시작되었습니다.

위의 예문처럼 이야기 속에 배경이 바뀌어야 할 경우에는 문맥의 단락을 나눠 주기 위해 한 줄씩을 비워 둡니다.

둘째, 인용 부호 없이 인용할 때는 위 아래로 한 줄씩 비웁니다.

〈예문 2〉

위의 예문처럼 인용 부호 없이 인용이 들어갈 때도 위 아래를 한 줄씩 비워서 새로운 인용문임을 밝힙니다.

셋째, 작은 항목의 제목과 단락을 구분지을 때도 한 줄씩 비웁니다.

〈예문 3〉

|다) 수남이와 수동이|

김춘수는 60년대 후반에 접어들면서 그의 유년 시절에 대해 집요한 탐색을 한다. 그의 유년 시절에 대한 탐색은 자기 됨됨이의 근거를 밝히고, 그 근거를 이루는 욕망의 부정적 성격을 지우

위의 예문처럼 작은 항목의 제목을 쓴 뒤 단락을 구분시켜야 할 경우에는 한 줄씩 비워 둡니다.

넷째, 큰 단락을 나타내는 번호를 넣을 때, 번호의 앞과 뒤의 한 줄도 비워 둡니다.

〈예문 4〉

그		천재		의식이		자기애라는		내면의		불
과		결합된		것이		김춘수의		시,	불사의	
상태가		아닐까?								
		2)먼		추억으로		오는		축제		
		다시		되풀이하지만		시인의		풀령주의는		
왜		슬픈		풀령주의일까?		왜		시인은		

위의 예문처럼 한 개의 단락이 전부 끝나고, 새로운 단락이 새로이 시작될 때도 앞과 뒤의 한 줄씩 비워 둡니다.

다섯째, 시간이나 공간적 변화가 클 때 한 줄을 비워 둡니다.

〈예문 5〉

```
철이의 고집은 정말 대단했다. 친구들
이 달려들어 말렸지만 소용이 없었다.
마치 그 목표를 달성하지 않으면 죽기
라도 할 것 같았다.

이튿날, 아이들은 아침 밥도 먹지 않
고 공원으로 몰려들었다. 모두들 바짝
긴장한 표정들이었다.

다리가 불편한 철이가 천 미터 달리
```

위의 예문처럼 한 문장에 많은 시간, 공간적 차이를 무시하고 다 넣으면 좋은 글이 될 수 없습니다. 그러니까 시간이나 공간적 변화가 클 경우에도 한 줄씩 앞 뒤로 비워 둡니다.

여섯째, 이야기 속에 다른 이야기가 들어갈 때도 한 줄을 비웁니다.

〈예문 6〉

```
밤이 깊어가고 있습니다. 멀리서 여우
울음 소리가 들려오는 듯만 싶습니다.
할머니의 이야기는 계속됩니다.

늙은 할머니를 모시고 사는 찔레라는
소녀가 있었습니다. 찔레 소녀는 효심이
깊었습니다. 할머니를 위해 시집도 안
갔습니다.

할머니 앞에 앉은 아이들은 침을 꼴
```

위의 예문처럼 이야기 속에 이야기가 새로이 시작될 때도 새로운 이야기를 부각시키기 위해 앞과 뒤의 줄을 바꿔 줍니다.

일곱째, 동시·동요·시·시조 중에서 연을 구분할 때도 줄을 비웁니다.

〈예문 7〉

```
        〈 동 시 〉
                    가 오 리 연
                        김 재 철


    내  손 으 로   만 든
    가 오 리 연


    내  마 음 을   싣 고
    따 란  하 늘 을   훨 훨   나 는
    가 오 리 연
        <
```

```
    나 도   같 이
    손   잡 고   날 아   봤 으 면.
```

위의 동시처럼 한 개의 연이 끝나고 새로운 연이 시작될 경우에는 한 줄을 비워 둡니다. 또한 원고지 맨 마지막에서 한 연이 끝나서 한 줄을 비울 수 없을 경우에는 원고 밑부분에 <를 해두고 다음 장으로 넘어가 새로운 연을 시작합니다.

12. 논설문, 설명문에서

그 글의 내용이 경계를 구분하는 편·장·절·항·목 등으로 이뤄질 경우 그 사실을 표시하기 위하여 위 아래로 한 줄씩 비워 두는 것이 좋습니다.

〈예문 1〉

```
         전봉건에  대한  두  가지  글 (장)

I. 둥그런  불의  세계 (절)

 1) 피리 (항)

     가. 시의  세계 (소항목)
       문학예술사에서  펴낸 『피리』는
 전봉건이 70년대에  쓴  시들을  그리고,
```

장 밑의 절의 '1.'을 첫째 칸에, 항의 '1)'을 둘째 칸에, 소항목의 '가.'를 셋째 칸에 위치시킬 경우, 본문 시작은 다섯째 칸부터 시작합니다.

○ 편·장 : 새로운 지면으로 시작하여 위·아래 한 줄씩 비웁니다.
○ 절·항 : 위·아래 한 줄씩 비웁니다.
○ 소항목·단락표제 : 위만 한 줄씩 비웁니다.

13. 숫자와 알파벳을 쓸 때

첫째, 우선 로마 숫자, 알파벳 대·소문자, 그리고 낱자로 된 아라비아 숫자는 한 칸에 한 자를 씁니다.

〈예문 1〉

S	E	O	U	L					
I	II	III	IV	VI	VII	VIII	IX	X	
1999년				5	월		5	일	
4	·	19	의거와		8	·	15	광복	

위의 예문처럼 대문자와 로마 숫자는 한 칸 한 글자의 원칙을 지킵니다. 그러나 두 자 이상의 아리비아 숫자는 한 칸에 두 자씩 씁니다.

둘째, 한 칸에 두 자씩 쓰는 숫자나 알파벳 덩어리 가운데 홀수 개로 이루어진 것은 앞에서부터 두 자씩 끊어 씁니다.

〈예문 2〉

| 13 | 5 | 개의 | 숫 | 자 |
| yo | u | are | qui | te | a | st | ra | ng | er |

숫자가 세 개일 경우에는 첫 칸에 두 자를 쓰고 나머지 한 자를 뒷칸에 씁니다. 영어 알파벳도 소문자일 경우에는 한 칸에 두 자씩 나눠 씁니다.

셋째, 한 칸에 두 자씩 이어 써야 하는 영어나 숫자는 끊어지는 느낌이 들지 않게 주의해야 합니다.

〈예문 3〉

```
72 + 684 × 320 =

J. F. Kennedy, T. S. Eliot
```

위의 예문처럼 원고 칸이 있기 때문에 숫자나 영어는 신경써서 쓰지 않으면 전달이 제대로 되기 어렵습니다.

넷째, 분수는 예를 들어 1/2, ½, 두 가지 다 허용됩니다.

사선을 그어 나란히 쓰기도 하지만 원고지에서는 불편하더라도 원래 방식대로 위 아래로 적는 것이 좋습니다.

〈예문 4〉

수	박	의		크	기	와		참	외	의		크	기	는		$\frac{1}{4}$	밖	에
안		되	며	(	중	략	)											

위의 예문처럼 ¼로 분수를 나타낼 수 있습니다.

또는,

〈예문 5〉

1/4	분	기		결	산		공	고							

사선을 그어 분수를 나타내기도 합니다.

또는,

〈예문 6〉

| 최 | 후 | 의 | | 수 | 단 | 으 | 로 | | 1 | 0 | 0 | 분 | 의 | | 1 | 을 | | 남 | 기 | 고 |

경우에 따라서 숫자와 한글을 이용해 분수를 나타내기도 합니다.

다섯째, 빈 칸에 쓸 수 있는 숫자, 알파벳, 문자, 부호들이 교차되어 만나면 서로 성격이 다르기 때문에 각각 적는 것이 좋습니다.

〈예문 7〉

6	·	10	만	세		6	·	25	사	변
W	·	C
9	,	10	,	11	을		모	두		곱	하	게		되	면

서로 다른 성격의 숫자, 문자, 부호가 있을 경우에는 차별해서 다른 칸에 각기 적어 두어야 합니다.

5 문장 부호는 어떻게 써야 할까요?

　어린이 여러분은 문장 부호를 쓸 때 많은 부분 틀리기도 하고 어려워하기도 하며 하찮게 여기기도 하죠. 하지만 문장 부호는 글자와도 같은 것입니다.

　문장 부호가 틀렸다면 글자가 틀린 것만큼이나 눈에 거슬리죠.

　문장 부호를 하찮게 생각하는 것은 글자를 그렇게 생각하는 것처럼 위험합니다.

　문장 부호를 바르게 쓰기 위하여 우선 문장 부호의 종류와 그 표기법을 배워 보도록 하겠습니다.

문장의 부호에는 이런 것들이 있습니다.

○ 마침표

○ 쉼표

○ 따옴표

○ 묶음표

○ 이음표

○ 드러냄표

○ 안 드러냄표

첫 번째, 마침표에는 온점·물음표·느낌표가 있습니다.

온점

`.` 라고 표시하며 다음과 같은 경우에 사용합니다.

〈예시 1〉

```
서울은  너무  복잡했다.
명동 한복판은 더 정신이 없었다.
```

서술·명령·청유 등을 나타내는 문장의 끝에 씁니다.

〈예시 2〉

```
1999. 5. 5 (음력: 1999년 3월 20일)
```

아라비아 숫자만으로 년·월·일을 표시할 때에 씁니다.

〈예시 3〉

```
1. 글짓기의  기본은  문장력이다.
1. 문장력을  키우는  데  힘쓰라.
```

표시 문자 다음에 씁니다.

〈예시 4〉

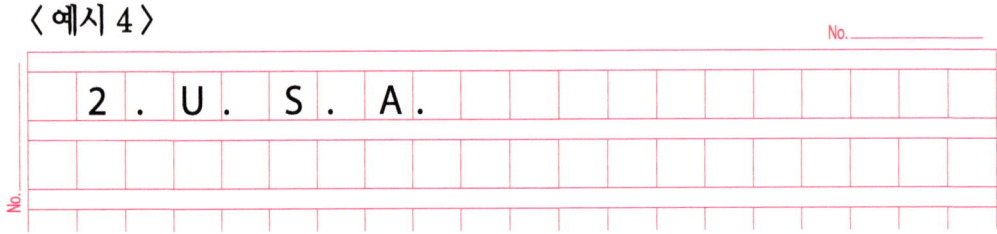

생략어를 나타낼 때 씁니다.

〈예시 5〉

```
자나깨나 불조심
꺼진 불도 다시 보자
```

 글의 제목을 쓰거나 표어를 작성할 때는 온점을 찍지 않습니다.

물음표

?라고 표시하며 의심이나 질문을 할 때 씁니다.

〈예시 1〉

| 네가 | 1학년이니? |
| 벌써 그렇게 자랐어? |

직접 질문을 던질 때 끝부분에 표시합니다.

〈예시 2〉

제가 그랬다구요?
제가 그럴 리가 있겠습니까?

어떤 말에 반대되거나 빗대었을 때 표시합니다.

〈예시 3〉

| 이 | 보 | 다 | | 더 | | 아 | 름 | 다 | 운 | | 강 | 산 | 이 | | 어 | 디 | 에 |
| 있 | 을 | 까 | ? |

가볍게 감탄을 하였을 때 표시합니다.

〈예시 4〉

| 그 | 녀 | 는 | | 자 | 신 | 을 | | 백 | 설 | 공 | 주 | (| ? |) | 라 | 고 |

의심, 빈정거림, 비웃음을 표시할 때, 또는 적당한 말을 찾지 못하였을 때 소괄호를 해 주고 표시합니다.

느낌표

!라고 표시하며 감탄이나 놀람·환호·명령 등을 나타낼 때 씁니다.

〈예시 1〉

```
우 와 !
이 렇 게   아 름 답 구 나 !
```

느낌을 힘있게 나타내야 할 때 감탄의 말이나 문장을 끝에 표시합니다.

〈예시 2〉

```
너 는   안   돼 !
앞 으 로   절 대   나 서 지   마 라 !
```

강하게 명령을 나타낼 때, 또는 강하게 부탁을 해야 될 경우에도 표시합니다.

〈예시 3〉

아가야!
예, 어머니!

감정을 넣어서 누군가를 부를 때에 표시합니다.

〈예시 4〉

내가 왜 밉지? 너는 더 나빠!

놀랄 경우나 항의의 뜻을 나타낼 때 표시합니다.

두 번째, 쉼표에는 반점·가운뎃점·쌍점·빗금이 있습니다.

반점

, 라고 표시하며 문장 안에서 짧게 쉬어 감을 나타냅니다.

〈예시 1〉

| 질 | 서 | | 지 | 키 | 기 | , | 인 | 사 | | 잘 | | 하 | 기 | , | 쓰 | 레 | 기 |
| 줍 | 기 | , | | 그 | 런 | | 것 | 들 | 을 | | 잘 | | 지 | 켜 | 야 | | 한 | 다 | . |

비슷한 경우의 말을 늘어놓을 때 표시합니다.

〈예시 2〉

순이와 영호, 철민과 정희는 단짝이었다.

서로 짝을 지어서 구분시켜야 할 경우에 표시합니다.

〈예시 3〉

경치 좋기로는, 강원도 못지 않게 절경이었습니다.

바로 뒤따라 오는 말을 꾸미지 않을 때에 표시합니다.

〈예시 4〉

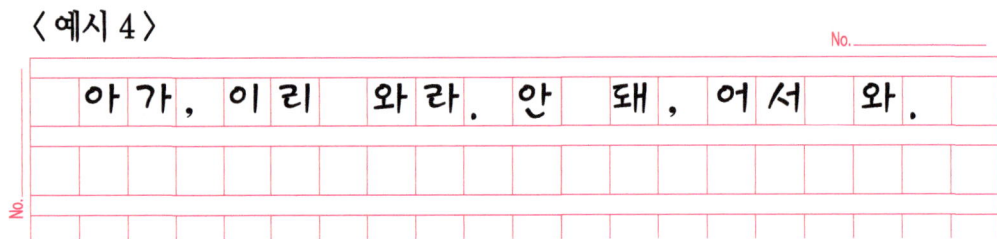

누군가를 부르거나 대답하는 말 뒤에 표시합니다.

〈예시 5〉

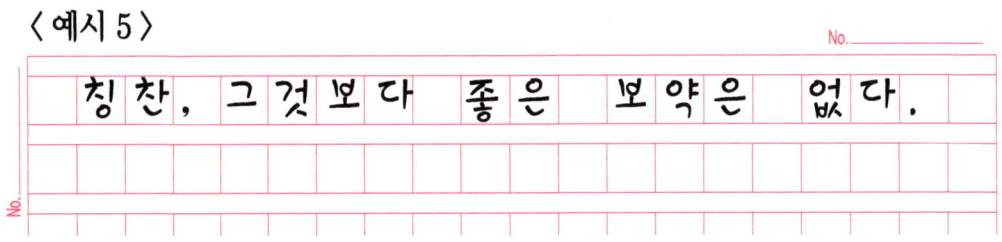

어떤 단어를 제시할 때 표시합니다.

〈예시 6〉

문장의 순서를 바꿀 때에 표시합니다. 이것을 도치법이라고 하죠.

〈예시 7〉

흥, 나한테 그럴 수 있을까.

가벼운 감탄이나 생각을 나타낼 때 표시합니다.

〈예시 8〉

어쨌든, 그 일은 꼭 해 내야 한다.

다음에 나오는 말을 강조하거나 연결을 나타낼 때 표시합니다.

〈예시 9〉

민희, 그녀는 정말이지, 천사 같았다.

어떤 말을 강하게 두 번 강조할 때 표시합니다. 문장 중간에 끼어든 구절 앞과 뒤에 씁니다.

〈예시 10〉

작은애는 감기로, 큰애는 배탈로 정말 힘들어했다.

문맥상 끊어서 읽어야 할 경우에 표시합니다.

〈예시 11〉

영구가 좋은 것은, 친절하기 때문이다.

앞의 문장을 강조하기 위하여 표시합니다.

〈예시 12〉

1, 2, 3, 4, 5, 6,
10, 11살
1, 2학년
2163,547

숫자를 나타낼 때, 수의 자리점을 표시하면서 사용합니다.

가운뎃점

·라고 표시하며 나열된 여러 단위가 대등하거나 밀접한 관계일 때에 나타냅니다.

〈예시 1〉

과	일	로	는		사	과	·	배	·	포	도	가		있	었	고	,
야	채	로	는		상	추	·	치	커	리	·	청	경	채		등	이	있
었	다	.

쉼표로 열거된 어구가 다시 여러 단위로 나뉠 때 씁니다.

〈예시 2〉

| 6 | · | 25 | 사 | 변 |
| 8 | · | 15 | 광 | 복 |

두 숫자로 된 말에 씁니다.

〈예시 3〉

생활문·동시·동화·독후감을 많이 써 본 아이들은 상상력이 풍부합니다.
1학년·2학년·3학년까지는 어린아이라고 해도 될 것입니다.

같은 종류나 계열의 단어를 쓸 때 사이사이에 씁니다.

쌍점

: 라고 표시하며 다음과 같은 경우에 이용합니다.

〈예시 1〉

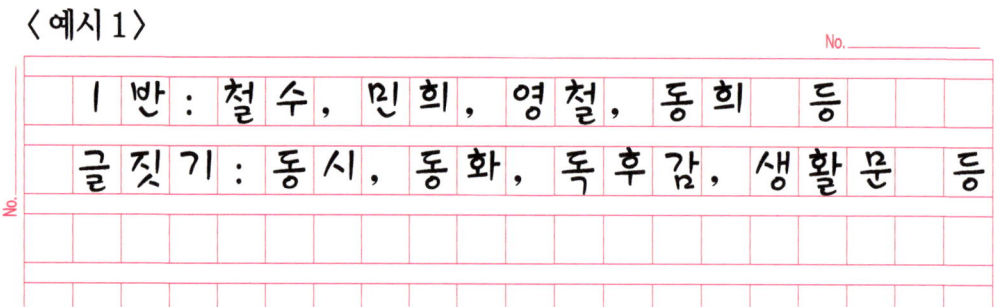

포함되는 여러 종류를 한 데 늘어놓을 때 씁니다.

〈예시 2〉

때 : 1999년   5월   5일   오후   1시
느낌표 : 감탄, 놀라움, 명령 등을 나타

뒤에 간단한 설명이 덧붙여질 때 씁니다.

〈예시 3〉

| 오 | 세 | 훈 | | 선 | 생 | 님 | : | 줄 | 넘 | 기 | , | 달 | 리 | 기 |

누구를 지명하고, 그 사람의 역할이나 업적을 나타낼 때 씁니다.

〈예시 4〉

| 오 | 전 | | 10 | : | 30 | (| 9 | : | 20 | 부 | 터 |) |

시간과 분을 구별시켜야 할 때 씁니다.

빗금

/ 라고 표시하며 예시처럼 이용합니다.

〈예시 1〉

| 지은이 | 이종현/펴낸이 | 강금희 |

대립하거나 대등한 것을 함께 보여야 하는 낱말과 구, 절 사이에 씁니다.

〈예시 2〉

| 3/4개를 더한다면 |

분수를 나타낼 때 씁니다.

세 번째, 따옴표에는 큰 따옴표와 작은 따옴표가 있습니다.

큰 따옴표

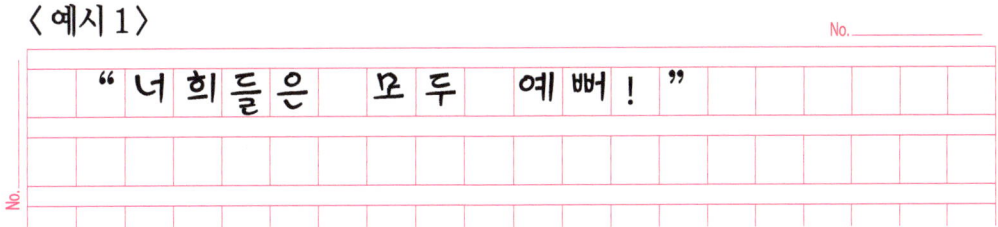라고 표현하며 대화나 문구에 사용합니다.

〈예시 1〉

" 너희들은　모두　예뻐! "

글을 쓰면서 대화한 대목을 나타낼 때 씁니다.

〈예시 2〉

" 차조심하자 "를　이번　주　교훈으로

어떤 말을 인용해야 될 경우에 씁니다.

작은 따옴표

` ' ' `라고 표시하며 생각이나 인용을 표현할 때 사용합니다.

〈예시 1〉

'우리는 한 형제'라고 씌어진 깃발이 었습니다.
"우리는 이길 것입니다. '백짓장도 맞들면 낫다'고 했습니다."

다른 데에서 인용해 온 글에 또 다른 말이 들어 있을 때 씁니다.

〈예시 2〉

'내가 왜 이럴까?'
'어머니, 건강하세요?'

혼자서 마음속으로 무슨 말을 중얼거릴 때 씁니다.

네 번째, 묶음표에는 소괄호·중괄호·대괄호가 있습니다.

소괄호
( )라고 표시하며 다음과 같은 경우에 사용합니다.

〈예시 1〉

가로쓰기에는 반점(,)을 씁니다.

어떤 것을 설명해 줘야 할 때 씁니다.

〈예시 2〉

| (| 가 |) | 학 | 교 |
| (| 나 |) | 학 | 원 |

어떤 기호 또는 기호적인 구실을 해야 하는 경우에 씁니다.

〈예시 3〉

| 우리 | 어린이들에게 | 가장 | 필요한 | 것은 |
| (| |) | 입니다. |

빈자리를 내놓았을 때 씁니다.

중괄호

{ }라고 표현하며 여러 가지 단어를 묶어 쓸 때 사용합니다.

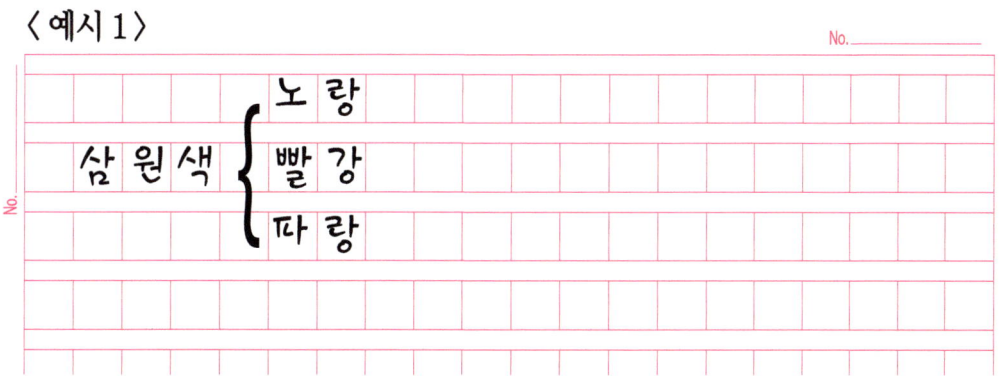

〈예시1〉

여러 가지의 단위를 동등하게 묶을 때 씁니다.

대괄호

[ ]라고 표현하며 발음기호나 뜻풀이 등에서 많이 사용합니다.

〈예시 1〉

手足 [손과 발]

대괄호 안의 말이 밖의 말과 음이 다를 때 씁니다.

〈예시 2〉

'자기 특기 [적성]를 찾아야 한다.'

묶음표 안에 또 다른 묶음표가 있을 때 씁니다.

다섯 번째, 이음표가 있습니다. 이음표에는 줄표·붙임표·물결표가 있습니다

줄표

—라고 표시하며 이미 말한 내용을 달리 표현해야 하거나 보충이 필요할 때 쓰입니다.

〈예시 1〉

| 우리 학교 — 대나무와 소나무가 교목입니다 — 는 대나무처럼 곧고, 소나무처럼 푸르고.

문장 앞의 문장을 다시 강조해 줘야 할 때 끼어들기로 씁니다.

〈예시 2〉

	어	제		낮	에	—	아	니	지	,	오	늘		아	침	에		말
을		했	다	.														

앞에 사용한 말을 고치거나 정정해야 될 경우에 씁니다.

붙임표

□-□라고 표현하며 단어나 문구에 대한 보충 설명을 하고 싶을 때 이용합니다.

〈예시 1〉

군-경 합동 수사대
브이-아이-피 (V I P)

합성어를 나타낼 때 또는 이음표와 같은 기능으로 사용할 때 씁니다. 이것은 사전 등에서 많이 쓰입니다.

〈예시 2〉

염화-칼슘
염화-나트륨

고유어 또는 외래어가 결합되는 경우에 씁니다.

물결표

⎡∼⎦라고 표시하며 기간이나 시간의 간격을 표현할 때 이용합니다.

〈예시 1〉

9	월		5	일	∼	10	월		10	일						
10	시		10	분	∼	11	시		50	분						

'내지'라는 뜻에 쓰입니다.

여섯 번째, 드러냄표가 있습니다.

드러냄표는 ˚ 나 ˙ 라고 표시할 수 있습니다. 가로 쓰기에서는 글자 위에, 세로 쓰기에는 글자 오른쪽에 찍어 주어 문장 내용 중에서 주의해야 할 곳이나 중요한 부분을 특별히 강조할 때 씁니다.

〈예시 1〉

| 세 | 종 | 대 | 왕 | 은 | | 훈 | 민 | 정 | 음 | 을 |

중요한 부분의 글자 위에 찍어 줍니다.

일곱 번째, 안 드러냄표가 있습니다.

안 드러냄표는 이름에서도 알 수 있듯 문장에서 감추어야 할 부분이나 빼야 할 부분에 표시해 줍니다. 안 드러냄표에는 숨김표와 빠짐표, 그리고 줄임표가 있습니다. 숨김표와 빠짐표에서는 숨기거나 빠뜨리고 싶은 글자 수만큼 칸을 만들어 주면 됩니다.

숨김표

××, ○○ 등으로 표시하며 알면서도 일부러 숨기려 할 때 사용됩니다.

〈예시 1〉

"×××야!"
그녀는 악을 쓰며 달려들었습니다.

알면서 고의로 드러내지 않을 경우에 쓰입니다. 비속어, 금기어에 많이 쓰입니다.

〈예시 2〉

○○○은 고의로 사건을 저질렀습니다.

비밀을 유지할 경우 쓰입니다.

빠짐표

☐☐로 표시해 주며 글자의 자리를 비워 둔 채로 놔둘 경우 사용됩니다.

〈예시1〉

| 대 | 한 | | 민 | 국 | 은 | | ☐ | ☐ | ☐ | ☐ | ☐ | ☐ | 국 | 가 | 이 | 다 | . |

들어가야 할 글자를 고의로 빼놓을 때 쓰입니다.

줄임표

……로 표시하며 할 말을 줄이거나 말이 없음을 나타낼 때 쓰입니다.

〈예시 1〉

"그런다고 되겠느냐."
"……."

할 말이 없을 때 쓰입니다.

〈예시 2〉

"저는 서울이 싫어서……" 하면서 그는 말을 더듬었다.

할 말을 줄였을 때 쓰입니다.

문장 부호의 종류와 그 표기법을 익혔다면 이제 문장 부호의 바른 사용을 위한 여러 방법과 요령을 제시하겠습니다. 어린이 여러분에게 많은 도움이 될 것입니다.

첫 번째, 문장 부호는 무엇보다 정성을 들여 정확하게 표시해야 합니다.

〈예시 1〉

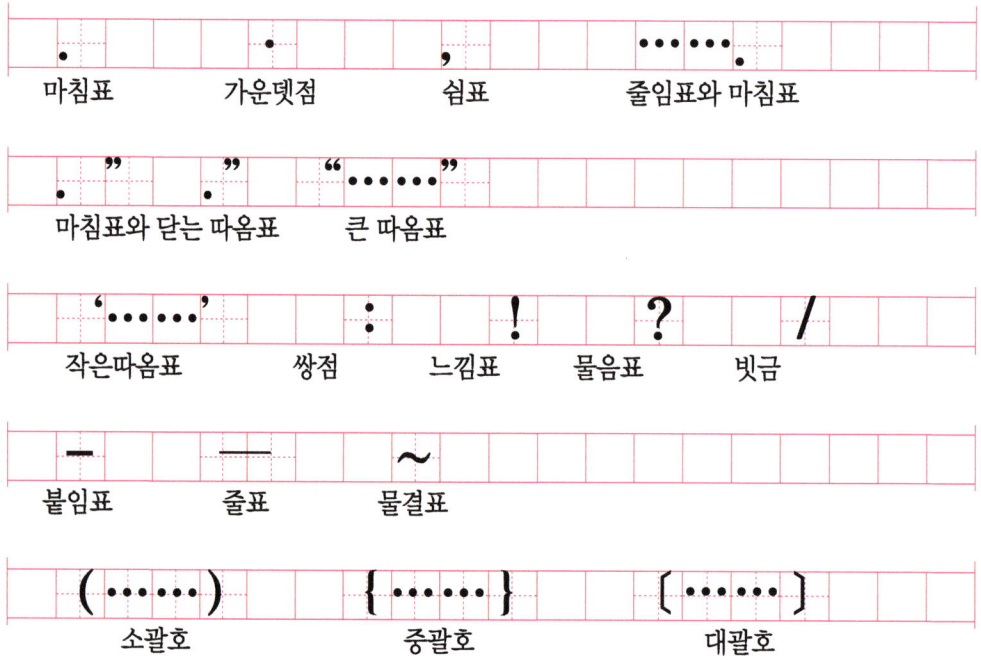

두 번째, 한 칸에 한 부호씩을 써야 함이 원칙이지만 예외도 있습니다.

1) 보통은 문장 하나를 글씨 한 개로 생각하면 됩니다. 다시 말해 원고지 한 칸에 부호 하나씩 표시하는 것이 원칙이죠.

〈예시 1〉

| 철호는 | | '아버지' | 라는 | | 말을 | | 하고서 |
| 입을 | | 다문 | | 것이다. | | | |

〈예시 2〉

| "네가 | | 정말 | | 이렇게 | | 했니? | | 응? | " |

〈예시 3〉

맙소사, 그런 일이 있었다니!

〈예시 4〉

하면서, '출(出)'이라고 써 보였다.

〈예시 5〉

진·선·미를 고루 갖춘 사람이었다.

2) 하지만 때에 따라 두 자 또는 그 이상의 간격을 차지하는 문장 부호도 사용할 수 있습니다. 그럴 때는 그 간격대로 칸수를 차지하면 됩니다.

〈예시 1〉

| 어 | 머 | 니 | 는 | | 나 | 의 | | 영 | 원 | 한 | | 친 | 구 | — | 부 | 모 | 와 |
| 자 | 식 | | 간 | 의 | | 관 | 계 | 만 | 이 | | 아 | 닌 | — | 였 | 다 | . | |

〈예시 2〉

| " | 네 | 가 | | 나 | 한 | 테 | … | … | . | " |

〈예시 3〉

그 모든 것들이 늘 내 곁에 있었다.
아버지, 어머니, 형제와 친구들……! 그들
이 없었다면 오늘의 나는 없었다.

〈예시 4〉

　방 안에는 깊은 침묵이 흐르고, 철호
가 먼저 입을 열었다.
　"누가 말 좀 해라."
　"………."
　"………."
　깊은 침묵을 깨는 것은 새 소리밖에
없었다.

　말없음표를 사용할 경우에는 말 줄임표를 두번 넣어 줍니다.

3) 한 칸에 두 개의 문자 부호를 쓸 때도 있습니다. 바로 대화가 끝났음을 나타내는 마침표와 따옴표는 한 칸에 동시에 쓰기도 합니다.

〈예시 1〉

"맨드라미가 피었네―."

〈예시 2〉

"……우리의 소원은 통일 꿈에도 소원은……."

세 번째, 문장 부호가 잇달아 나오거나, 문장 부호 뒤에 숫자나 알파벳 등이 이어서 나올 때는 각각 다른 칸에 씁니다.

〈예시 1〉

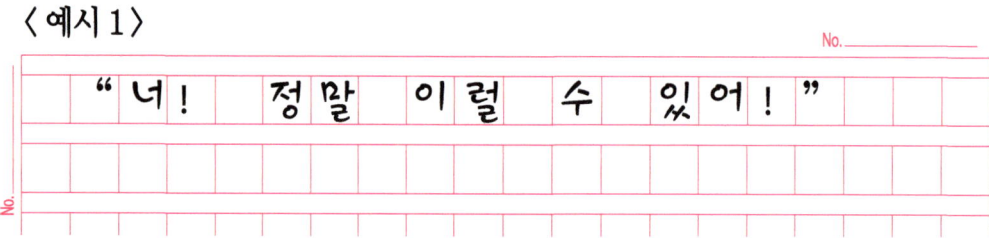

〈예시 2〉

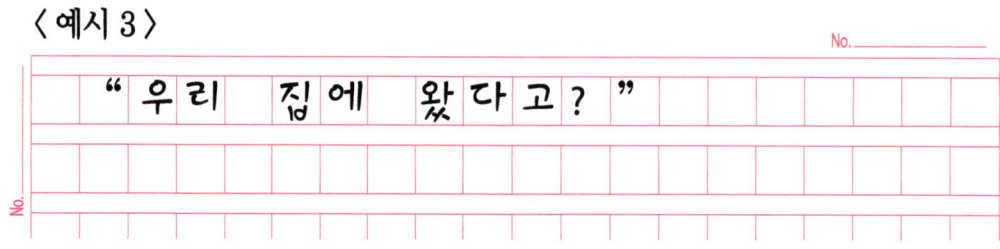

〈예시 3〉

"우리 집에 왔다고?"

〈예시 4〉

"……우리의 소원은 통일 꿈에도 소원은……."

〈예시 5〉

6·10만세사건

네 번째, 편·장·절·항·목을 표시하는 데 사용되는 괄호나 그 밖의 부호는 숫자와 함께 고유 표시로 여겨 한 칸에 씁니다.

〈예시 1〉

| (가) | 문 | 장 | 을 | 쓰 | 는 | | 데 | | 주 | 의 | 할 | | 점 |

〈예시 2〉

| (가), | 1), | ①, | ① |

다섯 번째, 줄 끝에서의 부호 처리는 어렵고 복잡합니다. 하지만 그냥 넘어갈 수 없는 부분이기도 합니다. 한 번 알아두면 두고두고 유용하게 사용될 거예요.

1) 우선 글자가 오른쪽 큰 칸에서 끝이 났을 경우에는 문장 부호를 찍을 칸이 없습니다. 그럴 경우에는 마지막 글자 바로 밑에 넣거나 오른쪽 여백을 이용합니다. 절대 새로운 줄에 문장 부호를 넣어서는 안 됩니다. 예문을 보고 확인해 보세요.

〈예시1〉

우	리	들	은		매	일	,	하	루	도		빠	짐	없	이		논	다	.

〈예시 2〉

경우에 따라서는 집에 모여서 놀거나 공원에 나가 놀기도 한다.

〈예시 3〉

"그러면 그렇지. 내 그럴 줄 알았어."
철규는 웃으며 말했다.

〈예시 4〉

"그렇게 하지요. 그런데 우리들은……."
그는 어깨를 움찔해 보이며 웃었다.

〈예시 5〉

　그　많은　이야기　중에서도　하필　그런……
거기까지　생각하다　말고　그는　일어나서,

〈예시 6〉

어디를　가든지　생각나는　것은　친구의
얼굴이었다. 헌데　그도　날　보고　싶을까?
간혹　궁금하였다.

〈예시 7〉

　"나한테　정말　그럴　수　있는　거야?"

〈예시 8〉

"절대 못해, 죽어도 떠날 수가 없어!"

〈예시 9〉

우리가 제아무리 잘났다고 해 보았자
길거리 잡풀보다 나을 게 무어냐!

〈예시 10〉

"우리 가족들(사촌과 육촌까지 포함)
의 안녕이 늘 염려스러웠다.

2) 덩어리 숫자나 영어 단어도 중간에서 잘라 줄을 바꿔서는 안 됩니다.

〈예시 1〉

| 그 | 렇 | 게 | | 하 | 나 | 씩 | | 챙 | 기 | 다 | | 보 | 니 | | 나 | 중 | 에 | | 250 |
| 개 | 가 | | 훨 | 씬 | | 넘 | 었 | 다 | . | | | | | | | | | | |

3) 칸 밖에다 적어야 할 숫자나 영어 단어가 길 때에는 다음 줄에 이어서 쓰는 수도 있습니다.

〈예시 1〉

| 얼 | 룩 | 얼 | 룩 | 한 | | 목 | 장 | 의 | | 프 | 라 | 이 | 드 | | 피 | 퍼 | (| Pr |
| ied | Piper |) | | 가 | | 한 | | 일 | 이 | | 뭐 | 냐 | 고 | | 물 | 었 | 다 | . |

4) 따옴표나 물음표와 같이 두 부호가 마주 한 짝을 이루는 것들은 줄 끝에서 시작되는 것을 피하여 끝 칸을 비워 두고서 다음 첫 칸부터 문장 부호를 열어 둡니다.

〈예시 1〉

| 우 | 리 | 들 | 이 | | 물 | 어 | 보 | 면 | | 그 | 의 | | 대 | 답 | 은 | | 늘 | |
| " | 어 | 제 | | 말 | 했 | 잖 | 아 | . | " | | 하 | 는 | | 식 | 이 | 었 | 다 | . | 하 긴 , |

〈예시 2〉

| 그 | 는 | | 일 | 어 | 나 | 서 | , | | " | 힘 | 을 | | 합 | 치 | 세 | 요 | ! | " | | 라 |
| 고 | | 하 | 였 | 다 | . |

6 글 다듬기는 어떻게 할까요?

처음부터 글을 잘 쓸 수는 없습니다. 다시 읽게 되면 고쳐야 할 부분이 눈에 뜨입니다.

그럴 때 원고 고치는 부호를 사용해서 바르게 고쳐야 다시 쓰거나 다른 사람이 읽을 때 정확한 이해를 할 수 있습니다.

원고 고치는 부호에는 다음과 같은 것들이 있습니다.

○ 끼움표
○ 붙임표

- 띄움표
- 줄바꿈표
- 순서바꿈표
- 앞으로 밀어냄표
- 뒤로 당겨들임표
- 글자 바꿈표
- 말 빼냄표

부호이기 때문에 이름보다 중요한 것은 그 사용 용도와 모양입니다.

끼움표(∨)

빠진 말을 넣을 때 사용합니다.

〈예시 1〉

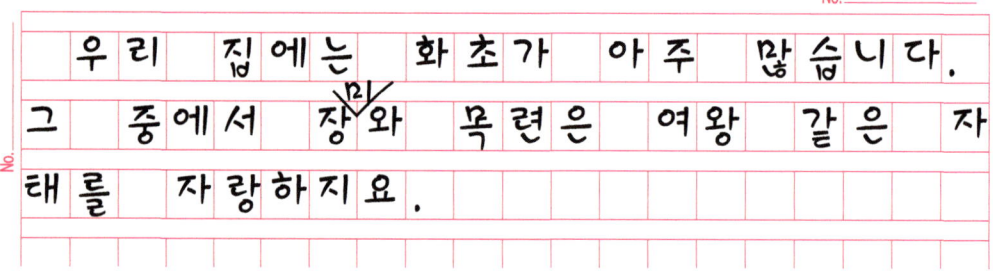

빠진 글자를 글자와 글자 사이에 ∨ 를 해 주고 써넣습니다.

붙임표(⌒)

잘못 띄운 것을 붙일 때 씁니다.

〈예시 1〉

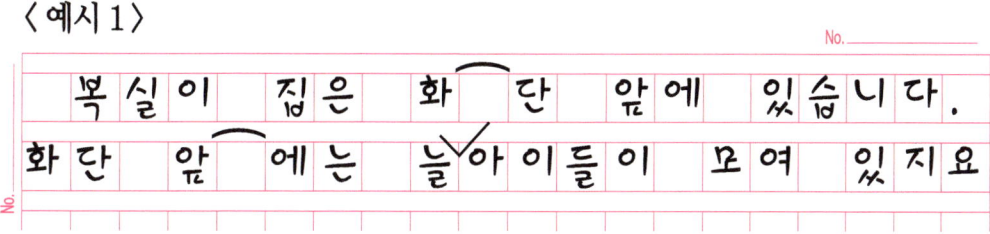

띄어쓰기가 틀렸을 때 ⌒로 연결시켜 줍니다.

띄움표(∨)

낱말 사이를 띄울 때 씁니다.

〈예시 1〉

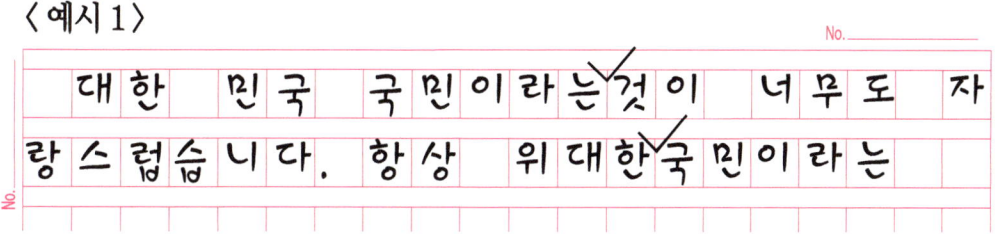

글자를 띄어 쓸 때 낱말 사이에 ∨를 넣어 둡니다.

줄바꿈표(⌐)

줄이 바뀜을 표시할 때 사용합니다.

〈예시 1〉

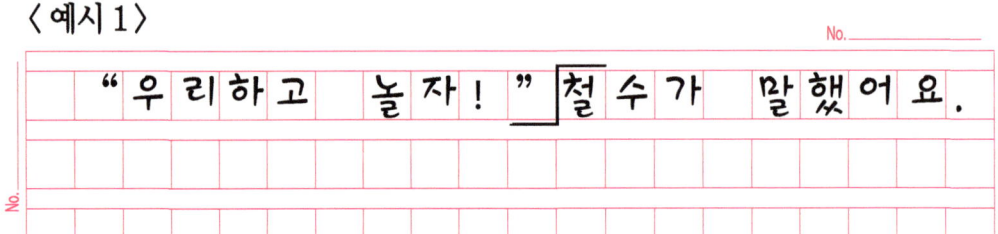

줄을 바꿔야 하는데 이어 썼을 때 ⌐를 써서 줄을 바꿨음을 표시합니다.

순서바꿈표(∽)

글의 순서를 바꿀 때 씁니다.

〈예시 1〉

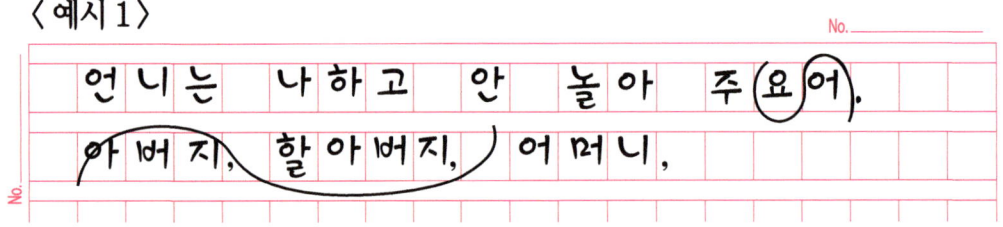

글자, 단어의 앞 뒤 순서를 바꿀 때 씁니다.

앞으로 밀어냄표(ꜛ)

글자를 앞으로 내밀 때 사용합니다.

<예시1>

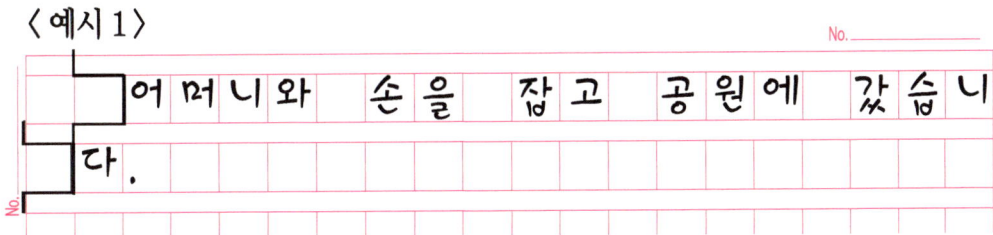

원고 칸이 까닭없이 비었을 때 ꜛ 로 앞으로 당겨 줍니다.

뒤로 당겨들임표(ꜜ)

글자를 뒤로 당겨들일 때 씁니다.

<예시1>

| 동 | 생 | 을 | | 때 | 렸 | 다 | 고 | | 혼 | 이 | | 났 | 습 | 니 | 다 | . | 정 | 말 |
| 화 | 가 | | 났 | 습 | 니 | 다 | . | | | | | | | | | | | |

칸을 비어두어야 할 때 ꜜ 로 칸을 뒤로 밀어 줍니다.

글자바꿈표( )

틀린 글자를 바르게 고칠 때 사용합니다.

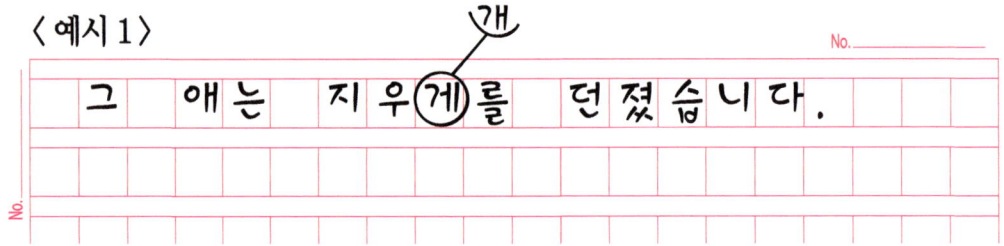

〈예시 1〉 그 애는 지우게를 던졌습니다.

글자를 틀리게 썼을 때 사용합니다.

말 빼냄표( )

필요 없는 것을 빼낼 때 사용합니다.

〈예시 1〉 싱거거운 말을 하다가 꾸중을 들었다.

필요 없는 글자를 없앨 때 씁니다.

【에필로그】

책을 왜 읽어야 할까요?

손에서 핸드폰을 놓지 못하는 요즘 아이들이 책을 읽어야 할 이유는 분명하다. 영상이 넘치는 시대에 왜 글읽기를 해야 하느냐고 묻는다면, 이 진부한 질문의 시작이 참신함의 역행이 필요한 요즘이다. 정보의 양이 쏟아지는 디지털 시대에 정보 양을 많이 습득할수록 어느 정도의 지식수준과 문해력을 갖췄다는 착각의 상태에 빠진다. 그러나 정보를 얻는 것과 독서를 하는 행위는 전혀 별개의 차원이다. 독서는 텍스트의 뜻을 헤아리고 행간행간 마다 연결되는 의미를 풀어가는 고차원의 인지행위다. 나의 관점에서 생각하고 의미를 재구성하는, 매우 적극적이고 미래지향적인 인지활동인 것이다. 오늘날 중요한 이슈로 부각되는 가짜뉴스, 사회적 문제, 가상과 현재가 뒤섞이는 현실에서 독서는 가치판단이나 사실과 허위를 구분하는 당위성이 만들어진다는 것에 매우 중요한 도구다. 다양한 디지털 매체의 증가로 오히려 집중력이 떨어진다. 주의를 빼앗기면 집중력이 떨어지고 한 곳에 몰입하는 현상이 나타난다. 이런 집중하지 못하여 사고의 깊이가 소멸되는 현상이 발생할 가능성이 크다. 인간이 인공지능이나 기술문명에만 의존하면 지식의 노예가 될 수 있듯이 말이다. 영상 길이가 1분이 넘지 않는 댄스 챌린지 영상을 보고 있으면, 시간이 가는 줄 모르고 손에서 핸드폰을 놓지 못한다. 1.5배나 2배속으로 빨리 돌려보는 동영상은 어떨까. 그럴수록 우리의 집중력은 퇴화되는 게 아닌가 싶다. 갈수록 집중력은 떨어지고 정보의 습득은 가벼운 정보전달에 불과하여 깊이 읽는 사고의 문맹률은 계속 늘어날 것이다. 슬픈 현실에서 우리가 알아야 할 것은 집중력을 되찾는 것이다. 방법은 한 가지다. 책을 읽는 것이다. 독서가 가진 긍정적이고 실용가능성의 효용성은 빌게이츠, 스티브잡스, 일론머스크, 워런 버핏 등 성공한 인물들의 예로 알 수 있다. 독서의 지속 가능성은 항상 열려 있었다. 움베르트 에코는 "책 읽지 않는 사람은 단지 자신의 삶만 살아가고 또 앞으로 그럴 테지만, 책 읽는 사람은 아주 많은 삶을 살 수 있다"라고 했다. 인지 신경학자인 메리언 울프에 따르면 인간은 '읽는 유전자'를 가지고 있지 않았다고 한다. 선천적으로 타고난 것이 아니라 후천적으로 꾸준히 훈련하여 습관을 만들어 읽는 능력을 키워 나가야 한다. 읽어야 성장할 수 있고 지속 가능하게 나아갈 수 있다. 읽는 사람은 읽지 않는 사람에 비해 뇌의 가소성은 증가한다. 깊이 오래 읽을 때 뇌 가소성은 더욱 발달한다. 메리언 울프는 뛰어난 독서가의 뇌는 문서의 빠른 해석을 가능하게 하는 특정 부분이 발달한다고 말했다. 특정 부분이란 오래되고 지속적인 깊은 독서로 나아가는 행위다. 그 행위가 독서의 중요한 역할이다. 책을 읽으면 뇌가 활성화되면서 처음에는 책을 읽는 것이 어렵지만 우리 뇌는 습관화되면 독서도 쉽게 읽는 방향을 그린다. 뇌의 가소성(可塑性, neural plasticity) 덕분에 뇌는 자주 경험하는 일을 신경 회로를 변형시켜 더 쉽고 빠르게 처리해 낸다. 이를 통해 책을 읽는 행위가 자연스럽게 다가온다.

책 읽는 뇌를 만들어가는 것은 지속가능한 독서의 시작이다. 전략적인 독서로 이어가다 보면 자연스러운 독서습관이 만들어지고 나아가 독서는 일상이 된다. 일상의 독서는 후천적인 노력, 즉 습관과 마음가짐이다. 좋은 독서환경을 만들어가는 것도 독서의 지속가능성이다. 필요 이상으로 우리의 책 읽기는 디지털 시대에 절실하게 요구되는 생존 도구임에 틀림없다. 디지털 시대에 스스로 자각하고 통찰하는 사람만이 살아남을 것이다. 독서가 인류의 생존 조건으로 다시 주목받고 있는 이유다.

▣ 저자 김종윤 약력

전라북도 남원시 대산면에서 태어나 한국외국어대학교 법학과를 졸업하였다.
1993년 월간 『시와 비평』으로 등단하여 장편소설 『어머니는 누구일까』,
『아버지는 누구일까』, 『날마다 이혼을 꿈꾸는 여자』, 『어머니의 일생』 등이 있으며,
옴니버스식 창작동화 『가족동화 10편, 가족이란 누구일까요?』가 있다.
그리고 『문장작법과 토론의 기술』, 『어린이 문장강화(전13권)』이 있다.

나의 첫 질문 국어공부 어떻게 해야 할까요?
부제 : 어린이 문장강화 원고지 사용법 편

초판 1쇄 인쇄일 : 2025년 3월 23일
초판 1쇄 발행일 : 2025년 3월 27일

지은이 : 김종윤
발행인 : 김종윤
펴낸곳 : 주식회사 자유지성사
등록번호 : 제 2-1173호
등록일자 : 1991년 5월 18일

서울특별시 송파구 위례성대로 8길 58, 202호
전화 : 02) 333- 9535 / 팩스 : 02) 6280- 9535
E-mail : fibook@naver.com
ISBN : 978 - 89 - 7997- 453 - 9 (73800)

이 책은 저작권법에 따라 보호받는 저작물이므로
무단전재와 복제를 금합니다.

■ 읽기와 쓰기부터
문해력·어휘력·문장력까지
공부의 기초학력을 키워줍니다

▶ 어린이 문장강화

① 일기 잘쓰는 법
② 생활문 잘쓰는 법
③ 논설문 잘쓰는 법
④ 설명문 잘쓰는 법
⑤ 독서 감상문 잘쓰는 법
⑥ 관찰 기록문 잘쓰는 법
⑦ 웅변 연설문 잘쓰는 법
⑧ 기행문 잘쓰는 법
⑨ 편지글 잘쓰는 법
⑩ 동시 잘쓰는 법
⑪ 희곡 잘쓰는 법
⑫ 동화 잘쓰는 법
⑬ 원고지 잘쓰는 법

반복은 천재를 낳고 믿음은 기적을 낳는다

육서란 현재 사용되고 있는 한자를 각 글자 별, 사용예(使用例)를 고찰하여 그 정확한 의미를 파악하고, 동시에 그 자형(字形)의 성립과정을 구조적으로 분석해 보면 한자의 조자원리(造字原理)는 6가지로 귀납된다. 이를 육서(六書)라고 한다.

한자, 육서의 원리를 알면 쉽게 배운다①
① 그림으로 익히는 상형한자(象形漢字)

한자, 육서의 원리를 알면 쉽게 배운다②
② 상상력으로 익히는 지사한자(指事漢字)

한자, 육서의 원리를 알면 쉽게 배운다③
③ 덧셈으로 배우는 회의한자(會意漢字)

한자, 육서의 원리를 알면 쉽게 배운다④
④ 스토리텔링으로 배우는 형성한자(形聲漢字)